東アジアの疼き

鈴木比佐雄　詩集

コールサック社

詩集　東アジアの疼き

目次

Ⅰ　花巻・豊沢川を渡って

Ⅱ　釜山の鵲《かささぎ》

Ⅲ　ソンミ村のおじぎ草

Ⅳ　青島《チンタオ》の夕暮れ

V　東日本の疼き

Ⅵ　モンスーンの霊水

詩集

東アジアの疼き

鈴木　比佐雄

I

花巻・豊沢川を渡って

葉《は》・菜《な》・見《み》　――嵯峨信之*さんへ

山櫻が好きな詩人Ｓさんがいた
そのＳさんと仲間たちと山櫻を見に
吉野に行ったものだ
吉野は千本の山櫻で霊気に満ちていた
西行の住居跡を前に
一本の山櫻を見上げるＩさんを
かたわらで眺めていた

ぼくは櫻の樹のしたに咲く
関東とは違うタンポポやスミレが気になって

根元にチラチラと視線をおくっていた
結局山櫻を見に行ったのに
しゃがみ込んでタンポポやスミレをみていたら
これは白花タンポポですよと
女性詩人福田万里子さんが教えてくれた

白花タンポポと山櫻を
同時に愛でることができて
山櫻と野草の詩人たちに感謝をした
山の土産物店には大きな柿の木があった
その店で一輪挿しのような徳利を買った
今もSさんの徳利といって愛用している
まだ木の芽の柿の枝から降り注ぐ
春の光を眺めながら店の食堂で
Sさんたちと柿の葉鮨を食べ

柿の葉茶も飲んだ気がする

Sさんが亡くなった後に夢を見た
柿の葉に包まれている人がいる
その葉をはがしていくと
その人が生まれ変わるという
はがし始めると
確かに若返った人がいるようだ
はがした葉には詩が書かれていて
ひたすら読み続けながら
もっとはがそうとしていたときに
Sさんの涼やかな声が中から
聞こえた気がして
夢から覚めた

＊嵯峨信之　一九〇二～一九九七年　『嵯峨信之全詩集』

祈りの花炎　――福田万里子*さんへ

どうかこの絵をおつかい下さい

原爆詩集の装丁画で
思い悩んでいた時に
そんな声が紅蓮地獄の花炎の中から
聞こえた気がする

ご主人から借りた遺品の絵画アルバム
その中にあった「昭和残像」から
救いのような声が聞こえる

この絵は昭和の終わりに
どうしても描き残して置きたかった
不思議なことに被爆者たちが力を与えて
十号の絵を描かしてくれたのですから
どうかおつかい下さい

私をいつも勇気づけてくれた人の
深い思いの込められた言葉が
絵の裏側から聞こえた気がした

あなたはいつも何かを
突破しようとしている
私にはそれが痛いほどわかる
実は私もそうだから……

二〇〇六年八月に急死してしまった人よ
あと一年生きていてくだされば
『原爆詩一八一人集』をあなたの絵が
飾るのを見ることもできたはず
これから英語版も作って
「昭和残像」を世界に発信しますよ

大丈夫、私には見ることができる
鳴海英吉さんも
金丸桝一さんも
「ヒロシマ神話」を書いた嵯峨信之さんも
一緒に見ているから

一八一人の核兵器廃絶の思いは

原爆ドームに重なり
あなたの燃えるような精神で
この原爆詩集を永遠に守って下さるのですね
被爆者たちの絶望と悲しみを秘めた
深く濃い血色の紅の
祈りの花炎が溢れ出し
絶えることなく燃えつづける

＊福田万里子　一九三五〜二〇〇六年　『福田万里子全詩集』

キルケゴールの白花タンポポ

――桃谷容子*さんへ

かつて山櫻の咲く里で
白花タンポポを見たことがある
櫻の花びらが散っていく野原に
白花タンポポが咲いていた
櫻の花びらが野に咲く白い貴婦人に
恋い焦がれるように舞っていた
アブラハムの子殺しの神話
ドストエフスキーの親殺しの物語

傍らにそんな煉獄を抱えた
キルケゴールの逆説を生きた詩人がいた

今朝、十年ぶりに跨線橋の側で
二輪の白花タンポポを見た

母の写真を破り捨てた詩人とその母が和解し
朝の光の中で親子が寄り添い語らっていた

神の樹木から放たれた光の花びらが
二輪の白花タンポポに降り注いでいた

白い「野火」のように
白花タンポポが燃えさかっていた

＊桃谷容子　一九四七〜二〇〇二年　『桃谷容子全詩集』

八月のフッサール

荒れた地球の朝に
全てを無くして
あなたはたたずむ
自分の持ち物を
ひとつひとつ　捨てて
真っ新《さら》な
そこから歩きはじめる

汚された大地の朝に
原民喜のヒバリはさえずり
蝶たちも飛び交う
傷ついて生きるものたちは

死者たちの微笑を思い浮かべながら
ひとつひとつ　とりかえし始める

狂った神々の実験場にされた故郷
朝露がしずかにこぼれ落ちる時
あなたの血も水滴となって
燃える地表を冷やすために
少年少女の涙を洗い流すために
激しい怒りを胸に抱いて
〈原故郷*〉にしみこんでいく

水辺に降りていく
ドグマを真っ新《さら》にするフッサールの驚きが
赤いミズヒキに飛び火してくる
青いツユクサ
橙のキツネノカミソリ

緑のエノコログサ
薄紅のママコノシリヌグイ
その水辺に降り注ぐもの
夏の朝に世界に拡散された
ウランとプルトニウムと被爆者の血潮が
水辺に降り注いで
どれだけの日を経て
〈原故郷〉に白紙還元されるのだろうか
峠三吉の詩声が聞こえてくる
　あなたのくれた
その微笑をまで憎悪しそうな　烈しさで
おお　いま
爆発しそうだ！

（峠三吉「微笑」より）

＊晩年のフッサールは戦争に向かう故郷世界と異郷世界の基底に〈原故郷〉としてのヨーロッパを構想し、新たな「生活世界」の地平を問うていた。

春野の眼差し

――浜田知章、小島禄琅《ろくろう》、中岡淳一、千葉龍《りょう》へ

早春の土色の野に
春の光が当たると
赤茶の茎に
赤紫のホトケノザの花が咲き出す
七色の虹は赤と紫の間に
橙・黄・緑・青・藍の五色を隠している

真新しい緑の茎や葉を持つ
黄色の菜の花
青藍色のオオイヌノフグリの花

その花の中に降りてきて
橙色の百舌が花を啄んでいる
春野には七色の虹が満ちている

そんな今年の早春の野を見ることのできない
浜田知章、小島禄琅、中岡淳一、千葉龍たち
けれども彼らの火焔の魂は
ホトケノザの赤紫の花を咲かせ
オオイヌノフグリの青藍の花を咲かせ
菜の花と茎の黄と緑となり
橙の鳥となり
早春の野の虹となって
よみがえってくる

亡くなる直前まで

イスラエルの徴兵拒否をした若者を
詩にしたいと語っていた浜田知章の
燃える眼差しは
パレスチナ・ガザ地区への空爆を
天上からどう見ているだろうか

アフガン、ガザ地区の戦場の春野には
いったいどんな花が咲き
新しい悲しみの中で
死者たちに何色の花を捧げているのか

祭りのあとからの祭り

一緒に風呂に入ろうと
突然父が入ってきた
息子は驚いてそそくさと出てしまった
翌日　父は自殺してしまった
残された息子は後悔し続けた
あの時　父は何かを話したかったに違いない
それを聞いてあげなかったことを悔いている
そんな自分を責め続けている青年の気持ちを
自殺防止の新聞記事で読んだことがある

家に帰ってきて台所に入ると
誰かが風呂場に隠れたような気配がした
行ってみると弟が洗濯紐を手に持って
顔を逸らして立ち竦んでいた
弟の名を呼ぶと
弱々しい小さな返事があった
どうしたと声をかけたが応えはなかった
私は気にとめずアルバイトに出かけていった
その晩　近くの斜面林の中
その紐で弟は首をつっていた
あの時　弟の不審な行動に気づかなかったか

人はなぜ自殺するか
かたわらの人の自殺に加担したのに
人はなぜ生きつづけられるのか

いなくなるはずがないと思う人が
ふっといなくなる
その人と切り結ぶ関係の場所は
永遠に消えてしまった

死ぬことが希望に見える
病んだ袋小路の時間がある
こんがらがった時間を
巻き戻すことは出来るか
祭りのあとの虚しさが破けて
多方通行路のような膨らみのある時間を
取り戻すことは出来るか
残された青年は
父の苦しみを分かち合える日を
いつか迎えるだろうか

また祭りはやってくるか
父と子どもが風車をまわして
駈けまわる和解の時間が
きっと　いつか　もどってくるか

金魚売り

朝の登校途中
豆腐屋の兄さんは大忙しだった
中から威勢のいい兄さんの
声が店の外にも響いてきた

夕暮れ
兄さんがラッパを鳴らし
路地を自転車に乗って
豆腐を売り歩き始める頃
ぼくらはベーゴマをまわすのをやめたり

キャッチボールするのをやめて
そろそろ家に帰ろうとするのだ

ある日　店は閉められたままだった
兄さんは肺を悪くしたらしい
と人の噂が流れた
それから半年ぐらいたった夏の日
大きな三輪車を若者に引かせ
金魚売りになった兄さんがやって来た
金魚鉢をたくさん吊り下げた荷台は
ガラス細工のような美しさだった
金魚鉢の金魚がいっせいに動き
夏の暑さも涼しげに感じた
出目金の泳ぐさまに見とれていると
身体がひと回りやせた兄さんは

ぼくたちが喜ぶのを見て
目を細めニコニコしていた
この世の見納めのような表情が
子供の私にも分かった

それからしばらくして
兄さんが亡くなったと
風の噂が立った
ぼくは苦しくなると
なぜか不思議と思い出す
兄さんのラッパの音に合わせて
金魚鉢から抜け出た金魚が
路地を泳ぎだし
子供たちが後を追いかけていく

花巻・豊沢川を渡って

——宮沢賢治さんへ

1

朝靄のなか
花巻駅から一時間歩き
懐かしい豊沢橋を渡って
羅須地人協会跡の
「雨ニモマケズ」碑に向かう

明けてくる朱色の空に
ぼんやり乱反射しながら
藍色の雨雲が流れていく

天から光の粒になって降りてくる朝霧と
川面から立ち昇る湯気とが交じり合い
豊沢川付近はまっ白い星雲のただなかだ

土堤に咲く彼岸花や紫詰草の花が赤や赤紫に燃えて
七十五年前にこの橋を渡っていった人の
背中を追って下根子近くまで歩いてきたが
このあたりから松林が見えるだろうか

2

松林の小径を抜けていくと
篝火の焚かれていた広場に出る
碑は朝露にぬれて立ち尽くしている
その下に賢治の分骨と全集が納められてある

二日前の賢治祭がよみがえり
闇に篝火の燃える赤が
むすうに異なった赤色を次々生み出していた
その炎の奥に飛び込んでいきたかった

松林は風に揺れて、鳥たちが騒ぎ出し
下手なピアニカのように染みてきた
「下の畑に居ります」という声がして
松林を抜けて降りていった

3

黄色い穂の稲田がみえる
冷害に強い陸羽一三二号の肥料設計した人は
稲の切っ先をみながらどこかで思案していたか——

百姓では食えなくて
「ヒドリノトキハ　ナミダヲナガシ」た人は
「ヒドリ」（日雇い）になっていく百姓を
この場所からどんな思いで見詰めていたか

稲田の近くにある野原には
リンゴをたくさん実らせた樹があった
リンゴにあたって死んだ人を記した
ユニークな詩人の畑とはこの場所だったか

落ちていたリンゴを二個拾いポケットに入れた
猛烈な喉の渇きを覚えて
リンゴにあたってもいいから
歩きながら芯まで食べた

あの人の背中はいつのまにか
稲田の黄色い穂先をすべって
五輪峠を越えて
岩手山の方へ消えていった

Ⅱ　釜山の鵲《かささぎ》

春の天空

お元気ですか?
私は宇宙の塵です
昔の名前はカムパネルラといいます

いらっしゃい、お会いできてうれしいです
私は電車にひかれた学生です
名前は李秀賢《イ・スヒョン》といいます

ちょっとお尋ねします
地球の春に行こうと思うのですが

ここで降りればいいのですか？

ええ、ここで降りればいいですよ

わかりました
私が水に溺れてから　長い歳月が流れました
久しぶりに　春の野原で花を見たいのです
昔、翁草やレンギョウを見たことがあります
春の野原へ一緒に行きませんか？
いいえ　行けません
私は宇宙へ発たねばなりません

銀河鉄道の駅はもう少し上です
次回は一緒に野遊びをしましょう
お行きください

さようなら
必ず戻ってくるつもりですよ
さようなら

蛇笛　——釜山学生教育文化会館にて

ぼくの笛の音が止んだら
朗読してくださいね
恰幅のいい奏者は
大きな横笛を豪快に吹き始め
蛇笛ともいいます　と笑顔で語った

青年の魂を呼ぶためには
太い蛇のような横笛が必要なのだ
笛の音はこの世にとどまりたいと願った
青年の生きた軌跡を追っていく

あらゆる人々の悲しみを背負い
山河を巡礼する修行僧は
いつしか大蛇となってしまった
ある時、村の娘が山道を歩いてきた
木陰から毒蛇が襲いかかろうとした
とっさに大蛇は毒蛇に向かっていった
大蛇は毒蛇と壮絶な戦いをした
噛みつかれた大蛇は毒がまわり死んでいった
逃げ帰った娘は許婚の青年に有り様を伝えた
大蛇の死骸を見つけた村の青年は
涙を流して手厚く葬った
ある日、蛇の墓を訪れてみると
そこに大きな横笛があった
青年はその蛇笛を吹いてみると

修行僧の悲しみが胸に響きわたった
青年はその笛を手に取り
修行僧のように山河をさすらっていった

蛇笛の音に導かれて
私は詩を読み始めた
息が切れると助け船のように
笛の音が鳴り響いた
恰幅のいい奏者の腹から
絞り出された音が
大講堂を包み込み
二〇〇五年二月四日
釜山学生教育文化会館で
一人の青年を愛する人たちへ
一篇の詩「黒ダイヤを燃やす原故郷の人」を朗読した

黒ダイヤを燃やす原故郷の人

夕暮れの一番星がきらめくころ
私は紙と薪で火をおこし
石炭風呂を沸かす
石炭屋の息子だった私は
石炭を黒ダイヤと教えられ
黒々とした化石のような石炭を眺めていると
太古の森の世界に入っていく
いつのまにか真っ暗な空には
むすうの星がきらめき
その一つを見つめていると

眼の前の石炭と同様に
朱色に燃え始めている
星とは夜空に浮かぶ石炭で
それがあんなに美しく燃えていた

ここに銀色のサイクリング自転車がある
持ち主の青年が腰を浮かして漕ぎ出し
韓国の海辺の町　釜山からソウルへ
一陣の風が起こった
彼は韓半島をサイクリング自転車で駆けめぐった
そして日本の富士山をもマウンテンバイクで登った
強靱な足腰は韓日の大地を誰よりも踏みしめていた
彼の祖父は日本の炭坑で働き、曾祖父は日本で死んだ
私の祖父や父は東日暮里の隣の町で石炭を商っていた
彼の祖父たちが掘り出した石炭を

私の父たちは黒ダイヤといって生きる糧にしていた
彼は曾祖父の死んだ国をみたいと思った
祖父たちが働いた炭坑を探したいと願ったろう
そんな日本の地の底に降りていき
韓日の底に流れる未知の鉱脈を探ろうとした
東海《トンヘ》（日本海）をこえて
日本列島を東上し
富士山を駈けのぼり
炭坑で働き病み苦しんだ祖父の魂を悼んだ
強制労働させられたアジアの民衆を悼んだ
その時　東から昇る日輪の輝きが彼に何かを促した
それから東方の日の暮れる里（東日暮里）に辿り着いた
東京の下町　夕焼けの美しい町だ
あまたの民衆の眠る墓地のある寺町だ
彼は在日朝鮮人たちが日本人と仲良く暮らす町

新しい窪地（新大久保）という町も好きになった

彼は「韓日の架け橋になりたい」と誓った
「勝利に驕らず　敗者に寛容　確固たる自分を持ち
後悔しない生き方を宣言できるような
子どもに育って欲しい」
そんな父母の言葉を彼は想起していた

一台の銀色の自転車がダイヤモンドに変わる
その自転車にまたがった青年は東京の町を走った
鉄路に落ちた迷える酔っ払いを助けるために
日本人カメラマン関根史郎さんと一緒に命を燃焼させた
そしていまも
アジアの夜空にきらめく銀河のように
私たちの頭上で黒ダイヤを燃やしている

李秀賢、関根史郎　あなたたちは
国境を越えた原故郷の人になって
私たちの魂の底を照らし続けるのだ

二〇〇五年一月　四周忌の命日に

釜山の鵲《かささぎ》

アジュモニ《おばさん》から一万ウォンで
二束の白菊の花を買って
ガイドの河さんと一緒に
青年の墓を探しまわる
場所を聞くために事務所へ行くと
そこで人を焼く熱を感じた
国は違っても斎場のいたたまれぬ
悲しみの光景は同じだ

白と黒が混ざった鴉のような鳥がいる

と日本から同行したＩさんが驚いている
その鳥に近づいて行く
私は懐かしい人に巡り会ったように呟いた

ああ　あれは鵲《かささぎ》ですよ
在日朝鮮の詩人たちが
憧れをもって書き記している
幸せを呼ぶ鳥だと思いますよ

鵲のいた近くに
青年の墓は見つかった
幸せを呼ぶ鳥と一緒に
青年の魂は眠っているか
白菊の花を添えて
青年の冥福を祈った

公園墓地にあるという日本人慰霊碑
この国の侵略に加担した人々を
この国の人々は手厚く葬ってくれている
日本人慰霊碑にもきっと鵲は訪れているだろう
また今度来るときには必ず訪ねよう
そう誓いながら
釜山市立公園墓地を後にした

金井山梵魚寺《クムジョンサンポモサ》の木蓮

春を待つ木蓮が蕾をふくらませていた
夕暮れの梵魚寺には人はまばらだった
韓国の若者が一人で物思いに耽《ふけ》りながら
沈黙の石畳を歩いて行った

金井山の中腹の岩には
金色の湧き水があったという
五色の雲に乗って
梵天から金色の魚が降りてきて
楽しそうに水遊びをしていた

義湘大師はこの不思議な光景を見て
六七八年に寺を造った
寺の名を梵魚寺とした
宇宙からやって来る魚こそ
この港町の守り神にふさわしい
と考えたのだろう

すれ違った若者の心には
どんな聖なる魚が住みついただろうか
一五九二年　この寺は
秀吉軍によって紅蓮の炎に包まれた
八三〇年に建てられた三層石塔だけは
燃えることはなかった
一六一三年　この寺は再建された
丹青の鮮やかで深みのある色彩が

建物に永遠の命を吹き込んでいる

三層石塔近くの大雄殿に安置されている
釈迦牟尼仏、弥勒菩薩、迦羅菩薩は
壁面中の仏絵に囲まれていて
新羅の末裔の仏師たちが
この世に極楽を造ろうとした

いま夕暮れの梵魚寺は黄金色に染まり
木蓮は蕾をひとまわりふくらませている
また一人の若者が
この寺の山門をくぐっていった

狼煙台《のろしだい》の星畑

最後に秘密の場所があるんですよ
ガイドの河さんと李さんがにやりと笑った
深夜の山道を車は上っていった
韓国の妖怪でも見せてくれるのか

山頂は昔の狼煙台
天上は星祭で賑わっている
山頂から見ると
釜山は星畑のように大地から発光している

三百七十万都市の灯りが
ひとつひとつ瞬き
天　地　人
この釜山で生きる
ひとりひとりの命が光り輝いている

河さんと李さんはどうしても
私たちをここに連れて来たかった
二月の澄んだ寒さの中で
街の灯りは輝きを増していた

かつて青年兵士たちがこの場所で
東海（日本海）からやってくる
敵の船を見はっていた
彼らの孤独な瞳は

私の遠い先祖であったかも知れない

見てはいけない場所
かつて見たことのある場所
いまこの場所で多くの若者が
街の灯りの美しさに歓声をあげている
私をこの場所にいざなった青年の愛が
彼らの歓声から伝わってくる

海風がこの山頂で渦巻き
銀色のサイクリング自転車に乗った青年は
かつて眼下の星畑へ降りていき
東海を渡り日本へと
ペダルを漕いで行ったのだ

イシミカワの謎

「お兄ちゃん　どうして
　へそには　ゴマがあるの」
死んだ弟が不思議そうにへそを見ている
そんな日がたしかにあった
弟の疑問にどんなふうに答えたか
もう忘れてしまったが
その問いの面白さだけが心に残った

初夏の手賀沼の岸辺に生えてくる
イシミカワ

ママコノシリヌグイと似た葉や刺を持つ
葉の上に小さな葡萄のような実を盛り上げる
緑白色　紅紫色　青藍色
そんな美しい実がなる
イシミカワという名はなぜ付けられたのか
その由来を知りたいと思ってきた
石見川、石実皮とも併記され
蛙の面掻きとの異名も持つが
なぜイシミカワなのかどんな図鑑にも記されていない

けれども韓国ではイシミカワを「嫁のへそ」というと
黄大権《ファンデグオン》さんの『野草手紙』の中に書かれてあった
その由来は記されていないが
なぜか古代家族のイメージが拡がってくる
優しい息子のところに

若くて美しい嫁がやって来た
息子の愛情は自分よりも嫁に向いてしまった
嫁は可愛い顔をしているが
腹の中では姑をないがしろにしているので
息子に告げ口をした
〝おまえの妻は心が冷たくあの草のように刺がある〟
すると息子は母親に
〝母上はへそ曲がりではありませんか
わが妻はあの草の美しい玉のような
子供たちをたくさん生んでくれますよ
美しいへそを持って嫁いでくれたのです〟
と諭したのではないか
姑はその草を見るたびに嫁は憎いが
「嫁のへそ」から生まれる孫は可愛いと祈ったのだろう

イシミカワとは玉のような子供が生まれる場所
という意味なのかも知れない
弟が生きていれば
「嫁のへそ」の美しさを見せてあげたかったな

ママコノシリヌグイの謎

初夏の水辺に咲く
継子の尻拭い《ママコノシリヌグイ》
その群落を見るために
早朝、坂道を降りていく
ピンクの星をちりばめたように咲いている
可憐な花に似合わない名前は
誰がつけたのだろうか
別名のトゲソバを追いやって
なぜこの名が定着したのだろうか

韓国ではこの花の名を

「嫁の尻拭き草《ヨメノシリヌグイ》」*という
朝鮮半島から日本に渡来した花は
嫁と姑の関係をいつのまにか
義母と継子とに変えてしまったのか

わたしは茎のトゲで嫁や継子の尻を
残酷にも拭うことを想像しない
わたしは朝の水辺でなぜか想像する
古代人が朝の儀式のように
水辺の神の前で
顔を洗い　口をすすぐ
水辺の花を楽しみ
昨日の心のトゲをぬぐいさる

おもむろに

嫁と姑が尻をまくって
男たちを笑い飛ばしながら
用を足している
義母と継子が尻をまくって
夫や姑を笑い飛ばしながら
用を足している
トゲに用心して
かたわらの小さな三角形の葉をむしり
尻をぬぐい始める

そんなユーモラスな場面が立ちのぼる
そんな数千年間も愛された花の脇を
早朝にゆっくりと通り過ぎる

＊韓国でベストセラーになったファン・デグォン著
『野草手紙―独房の小さな窓から』（ＮＨＫ出版）より

生ける場所

——高《コ・》炯烈《ヒョンヨル》さんへ

その人は初めて原爆ドームの前に立った
『長詩　リトルボーイ』七九〇〇行を書いた
その人は何を見ているのだろうか
長詩の最終連は「草の葉」という八行詩で終わっている

　遠くの海に草の葉一枚が流れている。
　あの草の葉の上に私たちを皆載せることができるか。

その人はきっと原爆ドームと
亡くなった人々すべてを
「草の葉」の上に載せることを夢見たのだ
いまカエデ、クスノキの巨木が

ドームのかたわらに生い茂り
その緑葉を通して何を見ているか
十数万人の命が一枚一枚の葉に宿っているか
原爆ドームの時間は
一九四五年八月六日で停止しているが
緑の時間は永遠に生き続ける
破壊されたドームに命を注ぐことが可能か
眩しすぎるものを見るために
その人はまた影と語りあっている気がする
相生橋をわたり対岸に咲く夾竹桃の横で
その人は水に映る原爆ドームを眺めている
世界は瓦礫の前でまた眠り始めているか
無数の叫び声が水面から顔を出している
その人はその声を聴こうとしている
その人は相生橋を走る市電を
眩しそうに眺めている

Ⅲ　ソンミ村のおじぎ草

ロンビエン橋を守る人びと

青空の下の無数の白雲の峰を切り裂いて
航空機は水の都に降りていく
ノイバイ空港からハノイ市街に入るためには
紅河《ソンホン》を越えねばならない
バスが渡るのは、チュオンズオン橋だろうか
川上に見えてくるのは、あのロンビエン橋だろうか
レンガ色の豊かな水量がゆったりと流れ
紅河は上空から見えていたトンキン湾に流れている

一九六四年八月にトンキン湾事件を引き起こした米軍は
飛行場と市街を分断するために

紅河に架かるロンビエン橋を何度も爆撃した
東京大空襲を立案・指揮したカーチス・ルメイ将軍は
「北ベトナムを石器時代に戻してやる」と北爆を開始し
解放戦線のいる南ベトナムのジャングルやマングローブの森に
ダイオキシンを含む枯葉剤七五〇〇万リットルを投下し続け
ベトナムの自然の柔らかな芽吹きや赤子のＤＮＡを掻き毟った
そんなダイオキシンが沖縄からベトナムに送られ
日本人がアメリカの狂気に加担した胸の痛みを決して忘れてはならない

北ベトナム軍は米軍機を防空体制で
待ち伏せして撃墜しロンビエン橋を守り続けた
損害を被ってもすぐさま軍と市民は力を合わせて復旧した
一九七二年にソニー製の誘導装置をつけたスマート爆弾で
橋の一部は破壊されてしまった

けれども橋は応急措置をされて通ることが出き
近くに浮き橋も作り往来は確保された

戦後の一九八六年には
チュオンズオン橋が完成した
私たちは今、チュオンズオン橋を渡って
一九六八年にアオザイ姿でパリに現れて世界を驚かせ
一九七三年の「パリ和平協定」に調印した
グエン・ティ・ビン女史に会いに行く

二〇一三年七月三十一日の昼下がり
紅河の色をした屋根は絶えることなく続き
ビン女史の回顧録日本語版『家族、仲間、そして祖国』と
『ベトナム独立・自由・鎮魂詩集１７５篇』を積み込み
バスはバイクの群れの中にまぎれていく

街角でお茶を飲む人

昼下がりのハノイ
タマリンドやバンランの街路樹の下で
将棋を指し、お茶を飲む人びとよ
あなたたちは何を親しげに話しているのか

旅人の私は、あの椅子に座って
一緒にベトナム語で何かを語り合いたい
平和とはきっと街角で
お気に入りのお茶やコーヒーやジュースを飲んで
親しい人と取り留めのない話をすることなのだろう

おなかが空いたらフォーを注文する
米の粉の麺に鶏の骨で取ったスープをかけ
具が鶏だと、フォーガー
具が牛肉だと、フォーボー
具が蟹だと、フォークアだ
その他に地場の空芯菜などの野菜をふんだんに混ぜて
香辛料のタマリンドの実、青いライム、香菜、
唐辛子、ドクダミ、ミントなどを入れて
好みのフォーを一緒に食べるのだろう
また魚醤「ヌオック・マム」にひたして
揚げ春巻「ネーム・ザーン」などを食べるのだろう
きっと食糧自給率は一〇〇%近いだろう
朝の街角で誰もがフォーを外食している
昼過ぎの街角でもフォーが食べられている

きっと一人ひとりのフォーの食べ方があるのかも知れない

街角でお茶を飲み、フォーを食べる人よ
時間は紅河のように静かにゆっくり流れていき
お茶もフォーも私には豊かな言葉となって
街角で光り輝き始めている

＊二篇の参考書籍
・冨田健次『ベトナム語　はじめの一歩まえ』
・石川文洋『ベトナムロード』
・伊藤千尋『観光コースでないベトナム―歴史・戦争・民族と知る旅』

深夜の水上人形劇場

初めてベトナム料理フォーという米うどんを食べた後
同行した二人の娘たちが見たいと言っていた水上人形劇を
Sさんとその娘さんと一緒に見に行った
不思議なことに壇上には
竜宮城のような建物の門前に水が張ってあるだけだ
左手にはアオザイを着た乙女たちや民族衣装を着た男たちが
気品のある笑顔で一弦琴などの民族楽器を弾いて歌い始める
きっと収穫後のお祭りの始まりなのだろうか
門の代わりに簾が下がっていて
その間から十体もの太鼓を叩く人形が現れた

人形たちは一糸乱れずに太鼓を叩き始める
水上を滑りながらリズミカルに駆け巡っている人形たち
複雑な動きをするためには水の下に
人間が潜んでいるのではないか
そう思わせるような軽やかな動きなのだ
五分前後で人形たちは変わって行き新しいストーリーになる
のんびりしているベトナムが水上劇場では大忙しなのだ
パンフレットには、「祭り太鼓、龍の踊り、水上人形劇案内人テウ、
闘牛、農業の仕事、村の神様の行列、ベトナムの伝統歌劇、民謡
クアン・ホーの公演、投げる椰子の実を取る、魚が龍になる」な
どの演目が書かれてあった
そんな十幾つか民話の寸劇が繰り広げられて
イチジクの木で出来た人形を簾の背後から遠隔操作した
ベトナム浄瑠璃の世界が終わったのは深夜だった
田植えをする農民とじゃれあう水牛と犬とのコミカルさが

私の心を温かにしベトナムをより身近にしてくれた
豚の牧場を経営しているSさんたちも満足そうだった
娘たちはもう一度見たいなどと名残惜しそうだった
ホアンキエム湖畔の劇場を出ると街の灯はまだ明るかった
ハノイのバイクの行き交う道を足早に渡って
フランス風のホアビンホテルまで帰った

蓮を摘む少女

タムキのレドゥンホテルから
国道一号線に乗りソンミ村事件跡に向かった
国道一号線は北部ハノイ市と南部ホーチミン市をつなぐ大動脈だ
車線から見える水田地帯は、畦が曲がっており
きっと田植えは人の力で行われているのだろう
ただ水田以外に収穫期をずらしたトウモロコシ畑もあった
そして水田脇には蓮池があり蓮の花が群れ咲いていた
Mさんにどうして蓮池が多いかについて尋ねた

以前、カンボジアに行って早朝、散歩をしていると

一人の少女が泥深い蓮池に入っていって蓮の花を三輪摘んで
するとにっこり笑って一輪自分に渡して家に帰っていった
きっと家の仏壇に早朝供える花だったと思います
泥だらけになった少女はお小遣いをもらえるのかもしれませんね
たぶんベトナムでも同じでしょう

Mさんは車窓から蓮の花をながめ懐かしそうに話してくれた
水田の脇の蓮の花は朝の祈りに欠かせないものだった
ホテルの早朝にスタッフたちが祈りを捧げていた
フロントの脇の床に置かれていた
「バートン」と言われていた祭壇があった
奥には文字が書かれてあった仏画のようなものがあり
手前の線香鉢に線香が焚かれて
脇にはもちろん蓮の花が置かれてあった
ラムタン、マンゴスティス、ランブータンの果物が盛られていた

驚いたのはベトナム紙幣の札束が十センチ程も供えられていたこと
ホテルの若いスタッフたちは
その前で祈りを捧げ後に仕事に取り掛かるのだ
ビン女史も少女の頃に蓮池の花を摘んだのだろうか
国道一号線から村々の入口の社のような門、細い石塔のような電信
　柱
田の中には大きな墓も見かけた
あの中にはこの土地を守った解放戦線の兵士たちも眠っているか
広い畦道に放たれた水牛やロバが
ゆったりと草を食んでいる姿が永遠に続いていた

ソンミ村のおじぎ草

クアンガイ省のソンミ村は
ダナンから一三〇㎞　のどかな水田地帯
家々が離れている広々とした村だ
水田や畑は青々と茂り
家に続く畦道には
オジギソウの紅い花が点々と咲いている
葉に手を触れると恥じらうように閉じていく
この花はベトナム人の控えめで
胸に秘めた強い意志を感じさせてくれる
高いヤシの木も実をつけ

手の届くバナナの木も青い果実を実らせている

小さな家々だが豊かな恵みと共生し
その日も市場に農産物を出荷させる前に朝食を取っていた
その一九六八年三月十六日よく晴れた朝に
カリー中尉のヘリコプター部隊の一〇五名がこの村を襲った
敵を殺せと命じられた二十歳前後の若い米兵は
一軒一軒の農民である男、女、子供たち五〇四名を皆殺しにした

復元された当時の農家に入りテーブルやベッドを眺めていると
焼かれた二四七戸の村でどのような殺戮が行われたかを想像できる
畦道にはコンクリートが敷かれた道がある
よく見ると足跡が刻まれている
この足跡は米軍兵士と農民の足跡をそのまま保存したものだ
ソンミ村記念館に入ると二階に五〇四名の名を刻む巨大な碑がある

この事件を世界に伝えたカメラマンやジャーナリストの証言や写真
生き残った二十名たちからの五〇四名の最後を伝える証言
三分の二が女・子供・乳児であった
生き残った一人ファム・タイン・コンさんが記念館の館長になって
今もソンミ村の悲劇を後世に伝えている
二〇一一年八月二日早朝　四十四年後の村は田畑が青々と茂り
水牛が草を食み、鶏や犬も見かけられて暮らしが続いている
畦道のオジギソウの花々が血の雫のように思え
足跡が今にも動き始めるように恐ろしくなる

タイアン村の海亀

一九七〇年夏の福島県浜通りの町に住む
伯父夫婦は数十キロ先の福島原発が
来年稼働することをこわごわと話していた
そんな光景が今も胸に焼き付いている
二〇一一年三月一一日の東日本大震災で
海や山の恵みで暮らしていた二七〇世帯の家々は
津浪が押し寄せて壊滅してしまった
伯父夫婦の息子は運よく高台へ逃げることが出来たが
母の妹の叔母は透析のため病院移転の疲れで
一年後の三月十一日に急死してしまった

「波の神」といわれる津浪伝説を持つ
ニントゥアン省のファンラン市から北へ二〇km
人口二〇〇〇人が暮らすタイアン村
海亀が生息しサンゴ礁もある美しい海岸線
豊富な魚介類　葡萄、葱、大蒜の農産物
山羊、羊、牛、鶏の家畜
穏やかな気候の中で人びとは笑顔で暮らしていた

福島原発事故の起こる半年ほど前
二〇一〇年十月にこの地に原発を作ることを
ベトナムと日本政府が取り決めた
村人たちは北数km先へ移住させられた

けれど二〇一二年五月二十一日　ベトナムの市民四五三人が署名し
日本政府がベトナムの原発建設を支援するのは

「無責任、もしくは非人間的、不道徳な行動だ」と抗議する文書が
在ベトナム日本大使館や日本外務省に送付された*

日本政府はこの抗議にどのような回答を持ち合わせているだろうか
放射能汚染の影響でいまだ十六万人もの避難者を出しながら
ベトナムの人びとの不安や恐怖を押し切って
日本で破綻した「安全神話」を回答にして
原発を二〇一五年から建設し二〇二〇年に稼働させてしまうのか
「波の神」は原発を越えてしまうのではないか
サンゴ礁を泳ぎ海辺に卵を産み付ける
海亀の未来を奪っていいのだろうか
タイアン村の暮らしを永遠に奪っていいのだろうか

*「東京新聞」二〇一二年七月十二日付記事及び、国際環境NGO「FoE　JAPAN」のHP参照。

己を知っている国、己を知らない国

ベトナムでは信号がなくても多くのバイクや車は
街角でもぶつかることなくすれちがっていく
バイクの後ろには家族や恋人、生きている豚や日用品など
あらゆるものが肌を合わせて運ばれている
そんな光景を驚きながら見守っていた
互いがスピードを落として相手の距離や
互いの姿や顔を見ながら行動しているのだろう
街角には食堂兼カフェがあり人びとが静かに語り合っている
忙しいけれども、木陰でどこかのんびりしている

日本は二〇一〇年に数多くの経済支援の項目の中に
原発を盛り込んでベトナム初の原発二基の建設を受注した
翌年の東電の原発事故を目撃していた夏に、
私はベトナムのハノイの街に初めて降り立った
仲間たちとダイオキシン被害の子ども達の実態調査と
そんな子供たちの新しい家を支援するために

ダイオキシン被害支援の会長の元副主席グエン・ティ・ビン女史と
子供たちの支援の報告を話す機会があり別れ際に
私を含めた日本人たちは次々と
福島の原発事故の教訓から原発建設の見直しを進言した
一九六九年パリ和平会議の臨時革命政府外相だったビン女史は
静かに福島の悲劇や私たちの助言を聞いて下さった
日本の勝手な成長戦略のために
使用済み核燃料を最終処分できない

不完全な技術の原発を輸出しようとする
そんな日本政府の姿勢はベトナムの民衆のためにはならない
原発事故で美しいベトナムの国土を失わないために
原発ではなく自然エネルギーなどの発電を勧めた

その席で『原爆詩一八一人集』の英語版を
フランス語や英語に堪能なビン女史にプレゼントした
その時にベトナムの詩人一〇〇人と
日本の詩人七〇人を合わせた詩集を
作らせてもらいませんかと提案した
そのことが『ベトナム独立・自由・鎮魂詩集175篇』として
二年後に実現するとはその時には思わなかった
ビン女史の祖父は詩人でホーチミン大統領に
影響を与えた独立運動の指導者であった
ビン女史の指示でベトナム文学同盟の詩人たちが紹介されて

二〇一三年夏にベトナム語・日本語・英語の合体版詩集が完成した
一番喜んでくれたのはきっとビン女史だったろう

それから三年が経ち二〇一六年にベトナム政府は
ニントゥアン省のフォックジン地区のロシアの二基と
ビンハン地区の日本の二基の原発を
「現時点で多額の投資は非常に困難」で
「原発の安全性に懸念を表明」し
「延期の方向で計画を再検討する方針で一致した」*という
二〇二九年に建設される予定の原発が
きっと永遠に延期されることを
ベトナムの政府も民衆も願っているのではないか
ロシアと日本の経済援助も民衆のためのものを残し
そうでないためのものは延期し続けるのだ

ベトナムの事情に詳しい知人から聞いた話では
ベトナムの原子力エネルギー担当者の幹部が
失敗が許されない原発を稼働させることは
ベトナムの国民性に合わないと語ったそうだ
なんとベトナムは謙虚で己を知っている国ではないか
「想定外」という言葉で責任逃れをし続ける日本は
なんと傲慢な己を知らない国ではないか
日本もアメリカもフランスもロシアも中国なども
原発に取りつかれた国はもはや先進国ではなく
ただの未完成の科学技術を過信し
国民も国土も地球も被曝させていく「己を知らない国」だ

ベトナムは恋人に詩で語りかける国だ
日本も詩や短歌や俳句を日常的に愛する国だ
ベトナム人も日本人も本当は詩を愛し己を知り
他者の幸せを願う人びとなのだ

＊東京新聞二〇一六年十一月七日朝刊掲載記事より

ビン女史の「真の想い」

バイクや自動車の騒音に競うように
ハノイのタマリンドやバンランの街路樹には
蟬の鳴き声が絶えず響いていた

ベトナム平和発展基金を表敬訪問すると
ビン女史は平松伴子さんと再会するや
懐かしい異国から戻った娘のように
抱き合い手を握って離さなかった

パリ和平会談に現れた解放戦線の外相で

アメリカのベトナムからの撤退を促す演説をするため
マイクを握りしめた手は今もしなやかだ

その手は私たちのささやかな土産を受け取ると
出来たばかりの六百頁を超える回顧録にサインをして
平松さんと私に手渡してくれた

その新しい回顧録の題名は『祖国への真の想い』だと
通訳のアンさんが伝えてくれる
私の手はその遺言ともいえる回顧録を抱きしめる

平松さんの評伝『世界を動かした女性　グエン・ティ・ビン』
とビン女史の回顧録『家族、仲間、そして祖国』日本語版と
『ベトナム独立・自由・鎮魂詩集１７５篇』を
編集した私の名前や姿も懐かしんでくれた

旅の目的はビン女史の故郷クアンナム省の
ダイオキシン被害者たちの実態調査と支援活動
家を建て直す被害者たちに支援金を手渡すこと
さらにベトナムに太陽光発電を勧めることだ

ようやくビン女史は平松さんの手を放し
クアンナム省の友好協会連合に日本人の支援金を届け
「仁愛の家」の資金にするように指示される

九十歳を超えたビン女史は平松さんと訪問団に会うため
検査中の病院を一時抜けてきたらしい
ベトナムの「真の想い」を体験する旅が始まった

ホーおじさんの執務室

献花を二人の衛兵に手渡すと
腿から足を上げる儀礼の歩行で
献花は舞踏のように廟の玄関に供えられた

ホーチミン大統領の亡骸は少し上体を浮かして
静かな夕暮れの赤味がかった白光に包まれて
いまも目を閉じた瞬間のように存在した

正面まで来た時に気遣いの声を掛けて
衛兵たちが立ち止まってもいいという

国を創り上げた人物に敬意をこめて合掌した

廟の外に出ると「ホーおじさんの家」に向かった
多くの樹木に囲まれて小さな二階建ての家があった
書斎の机の蛍光傘から赤味を帯びた白光が漏れている

その赤味を帯びた白光は「ホーおじさん」の命が
今もこの書斎や廟の遺骸に宿っていることを
私や見る者たちに強く感じさせた

「わたしの遺体を火葬にして、灰を三つに分け、
北部、中部、南部の人たちのために、それぞれの丘陵に
埋めてほしい」と「ホーおじさん」は遺言した

なぜかその「ホーおじさん」の遺言は今でも守られていない

きっとホーチミン大統領は未だ死んではいないのだろう
ベトナム民衆が彼を必要とする限り生き続けるのだろう

この机で書かれた多くの書類によって
ベトナムは今日のような繁栄を築いたのだろうか
みの笠を被った庭師が木々や花々の手入れをしていた

池には木の根が水中から顔を出し
平松さんはそれを「木仏《きぼとけ》」のようだと言い
私たちはその前を通る時に木仏に合掌してしまった

アンさんの笑顔の秘密

クアンナム省の元解放軍兵のツックさんは六十三歳
戦争中に枯葉剤を浴びたという
奥さんは五十六歳で四人の子供がいる

末娘のアンさんは生まれた時に身体が柔らかく
二歳になって這いはじめ四歳になって初めて立つことができた
七歳の時にその原因がダイオキシンの影響だとわかった
アンさんは十五歳で一四〇㎝の背丈でほとんど盲目だ
内股で絶えず動いて意味の分からない奇声を発している

キラキラした目をして素敵な笑顔を振りまいている

その笑顔が純粋で私たちの話し声に反応しているのだろう
うりざね顔のベトナム美人になるはずだったアンさんは
排便が大変なのでいつもおむつが必要だという

トットさん夫婦は私たちがプレゼントを手渡すとお礼に
奥さんがランブータンの果物と生ジュースを出してくれた
手絞りされたパッションフルーツはとびきり美味しかった

トットさんは私たちの取材の後に次のような挨拶をした
遠い日本からこの暑いベトナムに来て下さり感激しています
皆様のご支援により広い家に建て直すことができた

木の柵で囲った狭い場所から娘に一部屋を与えることができた

家を建て直す資金の支援をして下さった日本の多くの皆様に
どうか感謝とお礼の言葉をお伝え下さい

アンさんの笑顔がとても素敵なのできっと
お二人の愛情が深いからではないかと私が伝えると
トットさんはいつもお風呂に入れて添い寝をするといい
父がいないとアンさんは眠れないからだと打ち明けた

私たちはベトナムの父母の愛情の深さに触れ
家の前の草の上に水牛の親子が寝そべり
村人や父母の愛で包まれた新しい家を後にした

兵士の夫に詩を贈った妻

ザンさんは、村の軍隊に入った最初の夫と死別した後に
二人目の軍人だった夫と再婚し二人の子供が誕生した
夫がダイオキシンに汚染されていて子供たちも被害者となった

娘は三十七歳で耳が聞こえないし
目も見えにくく、顔の形が普通ではない
今は施設に入り介護をしてもらっている

息子は四十歳で、ダイオキシンのことを隠して結婚した
ダイオキシン被害者が結婚することは認められないらしい

息子の子供三人の内の二人は障害があるという

息子さんの子供への質問をこれ以上続けると
隠していることを明らかにしてしまう恐れがあり
私たちは詳しい質問を打ち切った

ザンさんは二番目の夫の勤めていた会社と
日本からの資金援助と家を売ったお金で新居を建てた。
心臓の持病を抱えながらも明るく語った

別れ際に戦争中に山の中にいた兵士の夫を励ますために
贈った詩を私たちに暗唱してくれた
「アメリカは爆弾を背負って、国に逃げ帰って行った」
という意味の戦争に勝利することを願う詩だった

ザンさんは家族が三代にわたり病に苦しむ時にも
自分の気持ちを整えて詩を作って暗唱してきたという
詩があったから救われたとも語ってくれた
七十五歳のザンさんの笑顔は詩の女神のように輝いていた

クアンナム省の人びと

一八五八年にベトナムに侵略したフランスも
その後のアメリカもダナン軍港やクアンナムの中部を抑えた
ビン女史がクアンナム省を語る時には
故郷の人びとの過酷さを思い起こしているのだろう

クアンナム省に四～十三世紀に栄えた聖地ミーソン遺跡がある
夏の山岳地帯を登っていくとミンミン蟬が鳴き続けている
ヒンズー教徒の煉瓦造り寺院跡は千年の神話に誘《いざな》ってくれる

ベトナム戦争で米軍は解放軍が潜んでいるとして爆撃をした

人類的な価値のある千年王国の遺跡は多くを破壊された
ダイオキシンの枯葉剤も酷《むご》いがミーソン遺跡の破壊も酷い

残された遺跡のレンガの隙間には米が接着剤として使用され
寸分の隙間もなく密着し積み重ねられている
修復後の積み上げられた煉瓦の間に草が生えて劣化していた

ベトナム戦争時代に兵士になった子の母は英雄母となった
グエン・ティ・トゥさんは九人の子と親戚の子二人を亡くした
その母と戦死した十一人の子の顔を彫刻にした記念館がある

母たちは線香立てや灯り立てを使い米軍が来た情報を伝えた
竹の太鼓でも母たちは米軍の襲撃の危険を知らせ合い
母のこぐ船で武器や食料を運んだという

クアンナム省はかつて含まれていたダナンの南部にあり
ビン女史の出身地で最もダイオキシン被害の大きい省だ
祖父のファン・チュウ・チンの旧家である記念館ができた

ホーチミン大統領は父の友人であるファン・チュウ・チンと
フランスで出会い「民権思想」や「独立思想」の影響を受けた
フランス時代の写真や多くの著書に交じり
平松さんのビン女史の評伝も並べられていた

クアンナム省に二千年の海外交流の歴史があるホイアンがあり
世界遺産の街は日本橋を作った日本人を同胞のように語り継ぎ
日本橋はベトナム人と日本人の友情の架け橋として存在する
ホイアンの日本橋近くの川岸のレストランには
ビンローの木陰で真夏でも川風が吹き涼しく感じる

ホイアン名物のバインホアホンを食べながら
私たちはベトナム人の謙虚さと粘り強さを褒め称えている

Ⅳ

青島《チンタオ》の夕暮れ

ハナダイコンを添えて

中国戦線で戦った鳴海英吉さんが
言葉が不自由になった後
書きたい詩が三篇あるといい
搾り出すように語った言葉がよみがえる

顔が半分吹き飛んだ若い女に
花を埋め込んで中国人たちが葬っていた
そんな人…げん…の悲…げき……を書き……のこしたい

〈日本が侵略国家だったというのは「濡れ衣」だ〉

〈国民に不安を与えたというが、
ヤフー（ネット）で58％が私を支持している〉
田母神俊雄・前航空幕僚長の国会答弁

二〇〇〇年に亡くなる直前まで
中国の民衆の痛みを抱き続けていた詩人が
こんな自衛隊のトップの戦争美化論を聞いたら
どんなにか嘆いたろう
シベリヤに抑留され死んでいった戦友たちに
顔向けできないと怒ったろう

日本海海戦に参加した海軍大佐だった水野広徳《ひろのり》は
もし日米が戦ったら
米国空母から一〇〇機の爆撃機によって
東京は焼け野原になると予見し
一九三二年刊行の『興亡の此の一戦』に記した

予言どおり大空襲で見届けて
一九四五年十月に水野広徳は没した

南京大虐殺の後に
陸軍少将で薬学者だった山口誠太郎*は
中国人の死体が野ざらしになっているのを
「武士道に反する」といい嘆いたという
その廃墟に咲いていたハナダイコンを持ち帰り
一九六六年亡くなる前に山口さんの家族は
この花の苗を希望者一万人に分けて
南京市に戦争犠牲者のためにハナダイコン公園を作ろうとした
そんな他国の民衆の苦しみを背負い続けた軍人もたくさんいた

予見から七十六年が経ち
「日本は侵略国家であったのか」という論文を書き

他国の民衆を踏みにじった歴史を
忘れ去ろうとする政治家・自衛隊幹部がいる
そしてアジアの民衆たちを口汚く侮蔑する
凶暴なネット右翼の若者たちをあおっている

自衛隊のなかには、ネット右翼の若者には、
水野広徳、山口誠太郎、鳴海英吉はいないのか
他国の民衆を畏敬する真の武士道精神は育たないのか

＊朝日新聞の古い切り抜きより。

青島《チンタオ》に寄せる七篇

1　青島の夕暮れ

初めて見る黄海の青島の海の色は
薄い緑が溶け込んでいた
山東半島の入江の残照が海面を刷いていき
光の粒が一つ一つ海に消えていった
夕暮れのひとときを
若者たちが群れ集い
浜辺の遊歩道に面したカフェで海を見て

眼を輝かして笑い声を立てていた

さっき初めて青島空港で出会った
中国の詩人五名の林莽《リン・マン》さん、高建剛さん、李占剛さん、
盧戎《ルー・ロン》さん、沈胜哲さんと
日本の詩人三名の苗村吉昭さん、中村純さん、鈴木比佐雄が
浜辺のカフェに入ると奥の若者たちが席を空けてくれた
八人は名物の青島ビールやスイーツを頼み
緑色の小瓶のビールが運ばれてきた
底が鈍角に傾く不安定なグラスにビールが注がれ
乾杯が何度も繰り返された
暮れていく海辺の穏やかな光に包まれて
私たちはライチを摘まみにして
一九〇三年創業のラベルの付いた青島ビールの深い味わいに
不思議な酔いを感じてしまった

ロシアから旅順を奪ったように日本は英国と同盟し
一九一四年の青島の戦いによってドイツから青島を奪った
ドイツ人は青島ビールを残したが日本人は何を残したのか

一九二〇年代半ばに日中のハーフの詩人の黄瀛《コウエイ》は
青島日本中学校にいて広東嶺にいた草野心平を呼び寄せて
私たちのように青島ビールを飲んで
「銅鑼」を構想し宮沢賢治を誘おうと話し合ったのだろうか
底が傾いた不安定なグラスに何杯もビールを注いで
日中の詩について語り合っていると
百年前の日中戦争の始まる前の異次元に迷い込んだように
青島の薄緑の海は私たちを包み込むように暮れていった

2　青島の夜のヨットハーバー

青島の港は未だ北京オリンピックのヨット競技場のようだった
巨大な五輪マークのオブジェは湾内にそのまま残っている
それから岸壁まで無数のヨットが整然と並んでいた
どんな人びとがこのヨットを使いこなすのか
休日には中国の企業の成功者たちが
オリンピック選手のように海へ繰り出すのだろうか

岸壁の遊歩道は青島の人びとの憩いの場所だ
普段着のままで恋人や夫婦や友達たちが
穏やかな顔で散歩している
李占剛さんが写真を頼むと誰も笑顔で快く引き受けてくれる

富山大学に留学経験があり社会学を教える李さんによると
就職、住宅、教育問題で若い世代は生きていくのが大変だという
けれども若者たちの表情には
異国の人に寄せる国を超えた優しさが感じられた

桟橋からの対岸は高層ビルのライトアップが続いている
青島が巨大なビジネス都市であることが分かる
その光の群が湾の海面に映り浮遊していた
若い女性が海外の懐かしい音楽を流し
小さなスタンドでＣＤを販売している
それを買う人びとが周りに群れている

この街はドイツと日本が奪い合い
かつては帝国主義列強に翻弄された地だが
今は中国奥地から物や人が集まり世界に船出する場所であり

その準備をしたり帰国後に疲れを癒す場所なのかも知れない
青島の港の夜は不夜城のように続いていた
その中の中華レストランに入り込み
私は生まれて初めて高粱《コーリャン》で造られた白酒53°を口に含んだ
日本に何度もビジネスで来日した沈胜哲さんが
その酒を皿の上に注ぎ火をつけると白熱しながら燃え始めた
飲み込むと喉の奥は焼けていくようだった
中国の人びとの底知れぬエネルギーの源を感じた
青島の文芸誌を編集し版画家でもある高建剛さんは
青島の文学者の実情を静かに伝えてくれた

3　青島の朝の光

ホテルの窓辺から見える
早朝の磯に砕ける白い波
朝陽は太平湾の左側から昇っていく
薄緑の海に光の粉が走っていく

入江に浮かぶ小舟は何を釣っているのだろうか
海岸線に沿った四十㎞の遊歩道に点在する黒松は
どれも枝を手足のように振り上げ踊っているようだ
遊歩道脇の公園の植え込みの中では
野犬たちが無防備に寝ていたし
野猫もたちもたくさん潜んでいた

青島の人びとは朝が早い
朝の海の光を受けながら
遊歩道の欄干に足を上げてストレッチをする人
苦し気にジョギングする人
深呼吸しながら歩く老夫婦たち
お婆さんと二人で自撮りする孫娘

早朝から車で乗り付けた新婚カップルが
ウエディングドレスとフォーマルウエアに着替えて
浜辺にカメラマンと一緒に降りて行く
朝の海の光をライトにして岩場で撮影が繰り広げられる
主役たちは青島の海を脇役にしてしまう
そんな祝福の朝の光を求めて
次々に新婚カップルが海辺に降りて行く

中国の若い男はフェミニストが多くなり
「暖男」と言われていると新聞で読んだ記憶がある
眼下の「暖男」たちは美しい新妻に合わせて
言われるままにポーズをとっている
青島の海は若者たちが憧れる暖かな海だった

4　青島文学館の白壁

青島文学館はそんなに大きな建物ではない
ビルの白い壁面に種まく人が朱色で描かれ

手を後ろに振った先に「青島文学館」と記されている
中に入り階段を上り始めると階段の白壁を有効に使い
青島の詩人や作家たちの残した文芸雑誌や書籍を飾っている
百数十年間の文芸雑誌や書籍が歴史的に配列されている
階段や部屋の白壁をうまく使用し
詩人や作家たちの歩みが顔写真入りで紹介されている
ドイツや日本の侵略の時代でも
文学活動の火は決して絶えなかったことが分かる
文芸雑誌の表紙や目次などを見ていると
粗末な用紙に刻まれた文字が
不屈の精神を刻んでいるかのようだ
人は文字を残す存在である
人びとは文芸雑誌で自由な精神をこの世に残す存在である
人びとはその文芸雑誌や書籍を集めて
後世のために文学館を作る存在なのだろう

一階は喫茶部門になっていてコーヒーを飲んでいると
館長の臧杰《ツアイ・ジエ》さんが顔を出したので質問をした
「一九二五年頃に青島日本語中学に在籍していた
中国と日本のハーフの詩人黄瀛《コウエイ》やその友人の草野心平を知っていま
すか」
臧杰さんは「知らない」と言いながら
すぐに黄瀛をスマホで調べ始める
「最近、中国で研究書が一冊出ていますね」と
その本の画像や黄瀛の略歴なども見せてくれる
私も最近編集した佐藤竜一『黄瀛の生涯』をスマホで見せた
「その黄瀛の評伝を日本から贈呈します」と伝えると
臧杰さんも「黄瀛のことを調べてみます」と語っていた
いつかこの文学館で黄瀛詩集『瑞枝』が飾られる日が来るだろうか
そんなことを思いながら館を後にした

5　青島の海の見える会議室

貨物船が薄い緑色の海を横切っていた
昼下がりの会議室に中国の詩人たち二十二名が集まり
私たち三人の日本の詩人たちを待っていた

今度の貨物船も昼の光の中をゆっくりと過ぎて行った
私の発表する小論文を一文ごとに読み上げ始めると
正確に中国語に翻訳してくれた孫逢明さんが
同時通訳として中国語を読み上げてくれる
この厳密な通訳は内容や文章のリズムも伝えることが出来る
静かな波音のように中国の詩人たちに主旨が伝わることを願った

十七世紀の松尾芭蕉は八世紀の杜甫の詩を糧にして
「おくの細道」に分け入り、俳句の精神性を確立していった
中国の漢詩を抜きにして日本の詩歌は語ることは出来ない
日本人はそんな文字や稲作や仏教などを輸入して
自らの文化の基礎に据えてそれを豊かに発展していった
そんな文化の母である国へ
日本はなぜ戦争を仕掛けてしまったのだろうか
明治維新後の日本人が抱いたアジアの人びとに対する優越感こそが
この青島を巻き込んで中国の民衆を苦しめてしまった
と青島の海を眺めながら痛切に感じながら
私が編集した『大空襲三一〇人詩集』の冒頭収録した中国詩人たち
艾青《アイチン》、阿攏《アーロン》、郭沫若《カクマツジャク》、戴望舒《ダイワンシュー》たちの空襲下の詩を紹介し
二度と日中が戦争をしてはならない思いを伝えた

中国詩人たちは破壊された農村の痛みを綴った「郷土詩」について

その論考や朗読やその解説が続いていった
最後の林莽さんの締め括りの言葉が終わった時に
館長の臧杰《ツァイ・ジェ》さんが突然立ち上がり
中国の詩人黄瀛の調査をされている鈴木さんに
プレゼントありますと
青島日本語中学校時代の黄瀛の成績表と
当時の校舎の写真をパネルを手渡してくれた
私はとても驚いて感謝の気持ちを伝えた
青島の海のような暖かさを中国の詩人たちに感じた

6

莫言《バクゲン》旧居

青島市の隣の高密市にある
ノーベル賞作家の莫言旧居に車で向かうと
一時間ほどして旧居に近づくと
一面に背の高い高粱《コーリャン》畑が広がってくる
あの中に入ったら映画『紅いコーリャン』の主人公たちが
今も走り回り日本軍の「鬼子」と戦うため潜んでいるかも知れない
小説の本当の主人公は高粱畑の広がる中国の大地だったろうか
収穫された高粱は黄色い道となって畑の脇に続いていた
これは原作『紅い高粱』の莫言の旧居に向かう何かの演出なのか
農民たちはその高粱を軽トラックに山積みしていく
背の高い高粱畑の中に道があり町に続いていた

中国人の食卓を飾る高粱料理や白酒を生み出す
華中の果てしない高粱ロードの中をひたすら走っていく
「鬼子」の末裔である私は
兵士として華南に派遣された若い父のことを想起した
戦争のことを父は少しも語らず晩酌をして
いつも一人寂しく軍歌を歌っていた
父が悼んでいたのは亡くなった戦友だったろうか
はたして殺された中国の人びとも含まれていたろうか

家は「莫言旧居」と刻まれた土間に小さな竈と石臼がある
数部屋だけの質素な土塀作りの平屋だった
調度品の中には小さな円卓やラジオが一台置いてあった
給与の数倍をはたいて購入したラジオを聞いていた
さわさわと高粱畑を渡る風の音や
ラジオから流れる世界の音に耳を澄ませ

質素な机の上で祖父母や父の数奇な運命や「鬼子」との闘い
それらを包み込んだ幻視的な物語を紡いでいったのか
庭で秋空を見上げると柿の木が実を付けていた
莫言さんは秋になるとこの柿の実を食べていたのだろうか

外に出ると莫言さんの小説や土産物が売られている
本当はここで販売してはいけないそうだ
だが莫言さんに関係する村人たちがするのは黙認されている
チャイナドレスの似合う女優のような詩人の盧戎《ルー・ロン》さんが
「福」の漢字を切り絵にした『中國剪紙』を私たち三人にプレゼン
　トしてくれた
紅く縁取った「福」の中には十二支の動物の切り絵がガラスの額に
　納められている
鼠、牛、虎、兎、龍、蛇、馬、羊、猿、鶏、犬、猪が
楽し気に色鮮やかに描かれ切り抜かれている

「福」とは十二の生き物たちとその干支に生まれた人間たちが
この世に共存していくことであると語っているようだ
盧戎《ルー・ロン》さんは私たちの幸せを願って手渡してくれた

7　青島の牽牛花

帰国の朝は小雨が降っていた
傘をさして青島の浜辺を歩いていると
堤防の下に赤い花が群れ咲いていた
その花を孫逢明さんの教え子で通訳の学生に尋ねると

知りませんと恥ずかしそうに言い
すぐに若者らしくスマホで調べて牽牛花らしいと教えてくれた
牽牛花とは日本語では朝顔だと分かった
遣唐使が日本に薬草として伝えたらしい
七夕の頃から咲くので中国では牽牛花と言われてきた
朝に咲き縁起がいいので日本で朝顔と名付けられたのだろう
日本の朝顔は暮らしに根付いて多様な品種に発展した
帰国の朝に朝顔の原種に出会えて不思議な巡り合わせだった

林莽さんと盧戎《ルー・ロン》さんは磯でカニを見つけて手渡してくれた
蟹は私の手の中で暴れてまた磯に戻っていった
私たちは到着日に来たカフェを探したが休みで
遊歩道に沿ってカフェを探した
小雨の中でも「暖男」と花嫁の撮影は続いていた
レストラン風の二階建てのカフェに入った

林莽さんは絵を、高建剛さんは版画をスマホで見せてくれた
「林莽さんや高さんの絵や版画にはポエジーの血が流れています
ね」と
二階の窓越しに青島の海を見ながら作品の感想を伝えた
帰国の時間がやってきた
私たちは林莽さん、高建剛さん、盧戎《ルー・ロン》さん、
北野さん、藍野さんたちと別れを惜しみ
再会を願って空港に向かった

V　東日本の疼き

薄磯の木片　——3・11小さな港町の記憶

ドドドー　ザザザー　ドドドー　ザザザー
ドドドー　ザザザー　ドドドー　ザザザー
波の音が近くに聞こえているのに
平薄磯《たいらうすいそ》*の町へは近づけない

常磐道いわき中央をおりて
いつもと変わらない市内の中心部を走りぬけ
高い堤防の高台の平沼ノ内《たいらぬまのうち》を抜け
浜辺へ下りる道を探しているが
破壊された家々で道が塞がれている
道が消滅しているのを知らないカーナビの声は混乱して

繰り返し行き先を代えていた

「薄磯に　行きたいのですが……」
と近くの主婦に尋ねると
「この先を左に曲がって　下りればいいよ
　ひどすぎて　見てられないよ」
と泣き出しそうな顔で教えてくれた

浜辺に下りて行くと
カーナビは正面に薄磯の町と
右手に薄井神社を示していた
盛り上がった砂と家の残骸で車は通れない
車を降りて脇を抜けると
夕暮れの太平洋の水平線が見えた
灰色の波が少し赤らみ次々に押し寄せていた

小高い岡の薄井神社の神殿に向かう坂には
結婚式のアルバム、生活用品が打ち寄せられている
平薄磯の宿崎、南街、中街、北街が粉砕されている
半農半漁、蒲鉾工場、民宿、酒屋などの商店
港町の約二八〇世帯　約八七〇人の家々が
木片に変わり　車はくず鉄となってそこにある
民家も寺院も区別はない
残されている建物は
母や父が通った豊間中学校の体育館が形だけ残り
薄磯公民館と刻まれた石碑台が転がっている
塩屋埼灯台下の人びとは木片と化してしまったか
水平線からやってきた大津波は
左手の平沼ノ内と右手の塩屋埼の岩山にぶつかり
真ん中の薄磯に数倍の力で襲い掛かったのだろう
どれ程の水のハンマーが町を叩いたのだろう

古峰神社も安波大杉神社も修徳院も消え
この平薄磯には神も仏もない光景だ
水の戦車が町を好き放題に破壊して去っていった

伯父夫婦や従兄が暮らしていたバス通りは
いったいどこなのだろうか
町の痕跡も消えてしまった
命が助かった従兄や町の人びとは
どのように裏山に逃げていったのだろうか
従兄妹たちと泳いだ
塩屋崎灯台下の薄磯海岸は
あの時と同じように荒い波を打ち寄せている
せめてもの慰めは
亡くなった父母や伯父と入院中の伯母に
破壊された故郷を見せないで済んだことか

目の前の数多の木片の下にはいまも死体が埋まっている
一片一片の木片には一人一人の命が宿っている
その木片が海へ帰り海溝の底に沈み
いつの日かふたたび数多の種を乗せて
この地につぎつぎと流れ着き
新しい命を数多の命を生み出すことを願う
とっぷりと裏山に陽が落ちて
木片の町には誰もいないが
数多の命の痕跡が息づき
暗闇の中から叫び声や溜息や祈りの声が聞こえてくる

ドドドー　ザザザー　ドドドー　ザザザー
ドドドー　ザザザー　ドドドー　ザザザー

＊福島県いわき市平薄磯

塩屋埼灯台の下で

――二〇一二年三月十六日　薄磯海岸にて

浜辺に降り立ち
黒い波頭が残した
石炭の煤のような
黒砂に見入った

残されたものは白砂に交じった
黒光りするまだら模様の海の傷
母の実家周辺に供えられている造花の花ばな
この浜辺の大波に百数十名がのまれた
上の伯母は入院中で従兄は逃げて助かった

あの日からちょうど一年が経ち
三姉妹の下の叔母の命はその日に消えて
海へ還っていった

塩屋埼灯台の下
荒波の打ち寄せる浜辺で
三姉妹が潮水にたわむれて
はしゃぐ姿がみえる

十数年前の母の葬儀の後で
また　遊びにおいで
と丸顔の優しい笑顔で
私に語りかけた叔母の声

叔母の家は隣り町の江名
海岸から近い山道を登っていくと
花々の咲いている玄関があった
振り向く地平線が眼の前だった

十年前に亡くなった母と同じ
腎臓透析をしていた叔母
きれいな水が必要だったのに
近くの病院では水もなくなっていた

葬儀の挨拶で喪主の従兄は
悔しそうに水のことを語った
「母は東京・横浜の病院に転院し
戻ってきた時には弱りきっていました」

葬儀の後に
薄磯海岸に舞い戻り
黒砂に指でたわむれて
欠けた貝殻を拾い集めた

かつて三姉妹は貝殻を集めて
この浜辺で遊んでいた
夕暮れの灯台が灯る頃に祖母が
堤防から夕餉の時を知らしていた

海へ怒りをぶつけても
海から沈黙の潮騒の音
母や叔母たちに呼びかけても
遠くの大波小波が立ち騒いでいるだけ

〈本当は大人たちは予想がついていたんじゃない〉

市民団体・子供環境会議が
福島の子供たち二十五人と
首都圏の子供たち十五人を
静岡の山間の禅寺に招待した

朝は座禅を組み
昼はフットサルや流しそうめん
雨が降ると必死に逃げる
「大丈夫だよ」といわれると雨の中に駆け出した
夕食の野菜たっぷりのけんちん汁をみて

〈野菜の産地はどこですか〉
静岡の野菜だと知ると
〈食べてもいいんだぁ〉
〈お父さんやお母さんに持って帰りたい〉
〈家族の分も食べます〉

班ごとで模造紙に本音を記した
〈放射線のない所へ引っ越したい〉
〈差別されてる　福島はきれいですよ〉
〈政治家はなにをやっているの？〉
〈大人はおろか〉
〈子供の話を聞いて欲しい！〉
〈本当は大人たちは予想がついていたんじゃない！〉
〈命よりも金だったから、判断する力が鈍っちゃった〉
〈命が長く続く環境が欲しい〉

そして〈福島は見捨てられている〉と子供たちは語った
首都圏の子供たちから〈今度会いに行くね〉と言われて
バスに乗り込む時に福島の子供たちが泣いて告げた
〈今は来ない方がいいよ〉

＊二〇一一年九月九日付・朝日新聞記者中村真理「福島の子　本音　あふれた」を参考。

朝露のエネルギー　――北柏ふるさと公園にて

1

沼の水平線に朝日が浮かび
その光が水面をわたって野原に届く
クローバーの夜露の電球に
いっせいにスイッチが入る
電球は眠りから覚めて
太陽の子を孕んだ朝露の白色電球になる

2

沼のほとりの野原では
紫花のホトケノザの露
白花のナズナの露

桃色花のヒメオドリコソウの露
黄花タンポポの葉の露
白花タンポポの葉の露
紅紫色のカラスノエンドウの露
小さなツリー状の草草の露が
いっせいに白色電球を灯される
野原は白色光のジュウタンになる
野原の周りの樹木たちも葉にも
あまたの露が乗り光り輝く
そんな朝露の光に濁りはあるだろうか

3

かつてこの公園内にあるジャブジャブ池で
子どもたちに水着を着せて遊ばせた
いまも夏の光の中で子どもたちの歓声が響いてくる

水辺で子どもたちが掛け合う水しぶきが
むすうの虹になって目の前に甦ってくる
むすうの朝露の中に反射してくる

4

朝陽が家の屋根にも届く
太陽光発電が開始されて
炊飯器にスイッチを入れて
白米が炊かれているだろう
人は自分に必要な分だけ発電して
その恵みを感謝すべきだろう

5

三年前の三月にこの沼とこの公園内の野原にも
二〇〇㎞離れた核発電所からセシウム混じりの雨が降った

この公園にもセシウムが降りそそいだ
二〇一二年九月になっても植え込みから
1万5292ベクレルが検出された
その年の一二月にようやく除染が実施された
人は在り得ない事実を突き付けられる時に
ようやく現実を変えていく存在なのだろうか
子どもたちは一年半もの間にどれだけ被曝したのだろうか

6

沼の留鳥になった白鳥親子、シラサギ親子たちは
沼の水草や小魚などを食べて生きている
食べたベクレル数だけ細胞が壊されている
二〇〇㎞先の柏に放射性物質が
風雨と共に降りそそいだのは必然性がある
核発電所近くを通る国道六号線や常磐線を上っていくと

柏に到着することになっていたのだろう
空飛ぶ風雲雷神も風の又三郎も被曝させてしまったのだろう

7

四次元の視線を持ち
みんなの本当の幸せを願った賢治なら
作業員を被曝させてしまう不幸な核発電を
子どもたちの細胞を破壊してしまう核発電を
稲作も畑作もできなくさせる核発電を
鳥も昆虫も小動物も魚も木々も野草の
遺伝子を破壊してしまう核発電を
けっして認めないだろう

8

故郷を破壊されて帰還できない人びと
放射能が高い場所でも暮らす他ない人びと
核発電事故で運命を変えられてしまった人びと
そんな人びとに朝露のエネルギーが届くことを願う
核発電を再稼働させて破滅的な未来を引き起こす人びとは
子どもたちの細胞と遺伝子を破壊する殺人者であり
核発電の近くの人びとの人権と
生存権を否定する反民主主義者だ
あまたの活断層がいまも動き出そうとしている日本列島で
最善のリスク管理は
核発電を再稼働させないこと
朝露のエネルギーで暮らすことだろう

請戸《うけど》小学校の白藤

海から三四〇mで外階段のついた三階建の塔
太陽光発電システムのついた二階建ての校舎
中は亀の甲羅のような珍しい楕円の体育館
そんな請戸小学校に近づくと
なぜか子どもたちの悲鳴が木霊してくる
あの時はどんなにか怖かったろう
海が真っ黒になって押し寄せてきたのだから

マグニチュード9の地震は
卒業式会場の体育館の床を陥没させた
子どもたちは海が引いてゆく奇妙な音を聞いたのか

それとも聞いたことのない海からの轟音を聞いたか
東電福島第一原発から五㎞の小学校は激しく揺れた
「津波が来る。大平山に向かって逃げるぞ。
　頑張って歩くんだぞ」

八十一名の子どもたちと教職員十三名は
一五〇〇ｍ先の大平山へ四〇分後に駆け上った
その十分後に津波は校舎を呑み込んだ

それから四年が過ぎ
漁船や家々の残骸は片付けられたが
壊れた藤棚から白藤が地を這い
荒れ野の中で逞しい白光を放っていた
二階建ての請戸小学校の時間は凍りついたままだ

校舎よりも高い塔に過去二回は昇ることができて
第一原発の排気塔を眺めることができた
しかし今は階段は封鎖されて昇ることは出来ない
階段が老朽化してしまったからか
ところでこの塔はどんな目的で作られたのか
津波を見張るためか、原発の爆発を見守るためか
いや美しい朝焼けを見るためだったか
何か他の目的があったはずだろう
子どもたちにこの塔をどのように
利用していたかを聞いてみたい

各教室の後ろの本棚には
絵本、図鑑、教材などが残ったままだ
原発の交付金で作られたプレートも残ったままだ
二〇〇名近くを浚った津波や原発事故を目撃できた小学校

これほど危険な場所になぜ小学校が作られたのか
そんな危機を事前に予知していた大人たちがいなかったか
知っていてもなぜ語らなかったか

いま請戸小学校周辺はショベルカーが地をならし
汚染土の仮置場になる臨時の仮置場になっていた
藤の白い花が咲いている学校脇も
次に私が来る時は仮置場になっているか
いや請戸小学校も仮置場にされてしまうか
大人たちの愚かな記憶を葬るために
けれども決して恐怖の記憶までは葬れないだろう
請戸小学校の花壇には白藤以外にどんな花が咲いていたのか
大平山から数キロ歩いて六号線に着き
トラックに助けてもらった時にどんな思いだったか
今は中学生か高校生になった子どもたちに聞いてみたい

福島の祈り　——原発再稼働の近未来

父や母の通った豊間中学校の体育館が
3・11の津波でぶち抜かれて
残されたシャッターが海風に
ひらひらと揺れていたのを見た時に
いわきの薄磯海岸で何が起きたのか
分からずに夢の中にいるようだった
あの時に中学生たちはどのように逃げたのか

ひと月後に立ち寄った蒲鉾工場や海の家の町は
思い出を剝ぎ取られた木片と鉄片の廃墟だった

バス通りに沿った家々は全て破壊されて
水の銃弾が薄磯町をなぎ倒していった
その校舎や家々が壊されていく破壊音が
胸を掻き毟り今も消えることはない
故郷が目前で崩れていく擦過音だった

あの日から五年近くが経ち更地になった町は
復興することもなく空地のままだろうか
海の神に連れさられた母の遠縁の叔父夫婦から便りはなく
山へ逃げて助かった人びとは
少し高い場所に暮らし始めているのだろうか
水平線と共に暮らす人びとは
きっと水平線を恨み続けることは出来ないだろう
海の神は次の津波の準備をしているかも知れない

私の先祖は松島で船大工をしていたそうだ
母の実家を引き継いだ従兄弟から町での屋号は
〝でえく〟（大工）と言われていると聞いた
私の先祖は太平洋の黒潮に乗って北上し
福島の浜辺に住みつき船大工をして漁師を助けた
鈴木という苗字は稲作を広めた人びとだ
思えば母方の祖母は亡くなる直前まで稲作の心配をしていた
自分の命よりもその年の米の出来を気にしていた

福島に黒ダイヤと言われた石炭が産出し
祖父と父は石炭を商うために故郷を捨てて東京に住みついた
祖父も父も戦前・戦後の下町のエネルギーを支えたが
昭和三十年代に石炭屋は役目を終え店は潰れた
そんな斜陽産業の息子だった私は石炭風呂をたてながら
黒ダイヤの燃える炎が静かに消えていく光景を見ていた

残照は美しく心に残り夜空の星の輝きと重なっていった

石炭産業も衰退した過疎の浜通りに目を付けた東電は
双葉郡の払い下げられた軍用飛行場跡に目を付けて
「クリーンで絶対に安全な福島原発」を
一九七一年に稼働させた
母方の伯父夫婦が来年に福島原発が稼働することへの
不安な思いを話していたことを今も思い出す
すると私は激しい怒りのようなものが溢れてくる
福島・東北の浜通りは、津波・地震などの受難の場所だ
そんな所に未完成の技術の危険物を稼働させてしまった
誰も事故の責任を取ることがない恐るべき無責任さに
現代の科学技術は人間や地球を破壊しても構わないのだ
避難している人びとを犠牲にして東電は黒字を確保している

半径三〇㎞ゾーンといえば
東京電力福島原子力発電所を中心に据えると
双葉町　大熊町　富岡町
楢葉町　浪江町　広野町
川内村　都路村　葛尾村
小高町　いわき市北部
こちらもあわせて約十五万人
私たちが消えるべき先はどこか
私たちはどこに姿を消せばいいのか
（若松丈太郎「神隠しされた街」より）

一九九三年にチェルノブイリへの旅の後で書かれた若松さんの詩篇は
今もその予言性を語り続けている。
二〇一五年に鹿児島・九電川内原発が再稼働された
その他の原発も稼働させるのだろう

福島の祈りを無視すれば
近未来のいつの日か
海の神や大地の神によって
「私たちはどこに姿を消せばいいのか」
と突き付けられる日が必ず来る

薄磯の疼きとドングリ林

ザー　ザー　ザー　ザーと昼下がりの海が鳴り響く
塩屋埼灯台の下に広がる薄磯の砂浜で少年の私は
半世紀前の夏休みに背丈を越える荒波にもまれていた
夕暮れ近くになると腰の曲がった祖母が
防潮堤から手を振って夕食を教えてくれた
卓袱台には鰹の刺身が大皿に盛られていた
働き者で身体が衰えても田植えに行くと聞かなかった
防潮堤の後ろに先祖の墓地や玉蜀黍《とうもろこし》畑が広がっていた
それから祖母が亡くなりその墓地に埋葬されたと聞いた
今も祖母の葬儀に行けなかったことが疼いている

コケコッコーと鶏が日の出の海風を切り裂いていった
従兄と豚の餌のためリヤカーを引いて近所を回った
伯父の行商の軽トラックに乗って山道を越えて
豊間や江名や沼ノ内などに魚売りの手伝いをした
帰りに薄磯の砂浜に降りて伯父と駆けっこをした
それから多くの時間が流れ伯父の葬儀の時に
お清めの場所になったのは墓地跡の公民館だった
墓地は山に移転されたと従姉妹から聞かされた
二〇一六年十一月二十三日の薄磯の砂浜で
ザー　ザー　ザー　ザーと日没後の黒い波音が鳴り響く
二〇一一年四月十日には胸張り裂ける波音を聞いていた
母の実家や公民館や豊間中学校の体育館が破壊された疼き
いま以前よりも二m高い七・二mの防潮堤が建設中で
町の跡に幅五十m高さ十・二mの防災緑地の土が運ばれ
里山からのドングリを植えるプロジェクトが進行中だ

親族を含め百二十名以上が流されたこの町がいつの日か
ドングリ林と先祖の眠る墓地跡から守られることを願う
流された命よ魂よ　還っておいで　いつでもいいから
ザー　ザー　ザー　ザーと朝陽に輝く白波が打ち寄せる

（福島民報・二〇一七年元旦に掲載）

Ⅵ　モンスーンの霊水

誰が十五歳の少年少女を殺したか

＊すべての国民は、健康で文化的な
最低限度の生活を営む権利を有する
日本国憲法第二十五条

十五年前に電気を止められ長崎市の家で
試験勉強をしていた十五歳の少年が
ろうそく火災を起こして焼け死んだ
それから十五年ほど経った茨城県那珂市で
電気を止められた家の十五歳の少女が

ろうそく火災を起こして焼け死んだ

誰が十五歳の少年少女を殺したのか
ろうそくの灯りで試験勉強をしていた
貧しくとも健気に学んでいた少年少女を誰が殺したか

電気代を払えない親や祖父母が少年少女を殺したか
なぜ親たちは電気代を払えなかったか
親を失業させた会社や過酷な借金取りが
間接的に少年少女を殺したか

電気を止めた電力会社の「冷たい心」が少年少女を殺したか
なぜ電力会社は命綱を断たれた少年少女の火炎を想像できなかったか
電力会社による掟破りの見せしめが
間接的に少年少女を殺したか

試験勉強をさせた教師や学校が少年少女を殺したか
なぜ教師や学校は少年少女の胸の悩みに気付かなかったか
教師や学校が一律に課した試験勉強が
間接的に少年少女を殺したか

電気を止めることを許した役所や行政が少年少女を殺したか
なぜ役所は電力会社から電気を止める家の情報を求めないか
「最低限度の生活を営む権利」に魂を入れない役人たちが
間接的に少年少女を殺したか

電気が灯らない異変に気付かない近所の人が少年少女を殺したか
なぜ金を貸せない知人や友人は生活保護の助言をしなかったか
誰にも相談できない親や祖父母の小さなプライドが
間接的に少年少女を殺したか

電力会社の株主や利権を得る政治家たちが少年少女たちを殺したか
なぜホルムズ海峡の石油タンカーと共に電気停止も議論されないか
憲法二十五条の生存権を真面目に運用できない政治家たちが
間接的に少年少女を殺したか

ろうそく火災を起こさない制度を作らない社会が少年少女を殺したか
なぜイルミネーションを夢見て焼け死んだ少年少女を思い出さないか
24時間営業のコンビニの消費された電気やそれを享受する者たちが
間接的に少年少女を殺したか

雷様から電気を盗んだ人間の知恵が未来の少年少女を殺したか
なぜ電気は電力会社のもので貧しい少年少女のものではないのか
電気技術を支配し命よりも営利を優先する者たちが
間接的に少年少女を殺したか

子どもの命を軽んずる消費者を優先する社会が少年少女を殺したか
なぜ電気代を払えない家に「ろうそく火災基金」を構想できないか
電気代よりも子どもの命を優先しない社会やそれを恥じない大人が
間接的に少年少女を殺したか

私たち大人はこれからも十五歳の健気な少年少女を殺し続けるのか
なぜ私たちは有り余る電気によって血の通わない社会を作り上げたか
生き物を被曝させ核のゴミを残し原発を維持する社会はどこに向かうか
電気代を払えないほど孤立し病んだ親たちを生み出して
これからも私たちは少年少女の未来を殺し続けるのか

不戦の若者たち

みんな、殺したくないし
殺されたくない
「九条こわすな」
と自由の森学園高校三年生の山森要さんが
学校で集団的自衛権反対の署名を集める

戦争したくなくてふるえる
死にたくないから、殺したくないから
「戦争法案反対」
と十九歳のフリーターの高塚愛鳥《まお》さんが

札幌市内でデモを呼びかける

人の命を左右することなのに
国民の意見を聞かずに決められて
しまいそうで納得いかない
「民主主義ってなんだ」
と高校一年生の古川はすさんが
制服姿のまま渋谷でデモをする

テレビで国会審議を見ていても
政治家が命を軽く見ているような気がして怖くなった
「強行採決は許さない」
と千葉の高校生の谷川祐佳さんは
十六歳で初めて国会前のデモに参加する

平和の危機を感じて
若者たちのふるえる言葉が湧き上がる
これほどの戦争を拒絶する
しなやかに平和を創り出す精神が
戦後七十年の間に育っていたとは
戦後民主主義が誇るべき成果だろう

国家によって死を強要された
兵士たちの無念さを二度と引き起こさないために
「みんな、殺したくない殺されたくない」
という不戦の精神に裏打ちされた
平和を希求する言葉が絞り出されてくる
私の胸にもそのふるえが伝わってくる

デモで「戦争に行きたくない」と

訴えた大学生たちを「利己的な考え」
と批判した武藤貴也衆院議員は
戦地に兵士を送るための現代の赤紙の発行者だろうか
人を殺したくない人間は「利己的な考え」なのだろう

私が高校時代に暮らしていた市川の里見公園には戦争中
「戦争神経症」の患者を治療した国府台《こうのだい》陸軍病院があった
戦後に陸軍病院は花と樹木に溢れた公園に変わった
その近くにできた白壁の国府台病院の脇を抜けて
里見公園まで陸上部の仲間とランニングをしていた
その時に頭をよぎったのは
兵士の精神が異常を訴える極限状況では
きっと人を殺せない心優しい人間から
狂っていくのかも知れないと

衆院平和安全法制特別委員会での質問で
インド洋・イラク派兵の自衛官五十四人が自殺
という防衛省の答弁があった
一人の自衛官は帰国後の精神的なトラウマではなく
佐世保基地を出港した護衛艦「きりさめ」の中で自殺した
棺には線香の一本も供えられなかったそうだ

これは戦死ではなく病死なのだろうか
これは自殺ではなく国家が戦死に追いやったのではないか
これは国家による若者たちへの特攻命令と同じではなかったか
すでに日本は戦争に加担し始め
これからもっと「利己的な考え」を排除しに来るだろう

私の父は中国戦線に行き
部隊の多くは亡くなったとだけしか語らなかった

毎夜の晩酌で独り酒を飲み
壊れた蓄音機のように軍歌を歌い
戦地を思い出し酔いつぶれていった
その時空間に誰も入ることは出来なかった
父はアル中になり肝臓を痛め入退院を繰り返し
最後は国府台病院にて六十歳代半ばで死んでいった
今思うと父も「戦争神経症」で
それと一人で闘っていたのかも知れない

国府台病院の近くには弘法寺《ぐほうじ》があり
詩人の宗左近さんたちと毎年花見をしていた
宗左近さんは戦争中でも人を殺したくなくて
身体を壊し精神の異常を訴えて徴兵を避けた
そんな宗さんは東京大空襲で手を放し
焼け死んだ母を想起していたろう

私は死んだ父と母を偲んで枝垂れ桜を見ていた
いま宗左近さんのような不戦の若者たちが
小さなプラカードを上げてぞくぞくと歩き出す

＊東京新聞、朝日新聞、しんぶん赤旗の記事を参考。

人の命を奪わない権利

――宗左近さんへ

桜の咲く季節になると
宗左近さんが主宰した市川縄文塾の仲間たちと
毎年、弘法寺の枝垂れ桜の花見を思い出す
晩年の宗左近さんは
桜は弥生人が持ち込んだ花だと言いつつも
自らを「桜狂い」と語っていた
桜の咲く季節になると
顔がほころんでいた
私もこの寺には高校時代から通っていて
死んだ弟や父母や恩師を偲んでいると

宗左近さんはその気持ちを汲んで
「さようならは　ない」
という言葉を自筆で与えてくれた
その言葉は私の胸に今も刻まれている

宗左近さんが二十歳代の頃
日本では良心的兵役拒否はありえなかった
徴兵制から逃れるために食事を取らず
身体を酷使して身体を壊し
自らを狂人にして兵役を逃れたという
戦争を拒否しても
一九四五年五月の繰り返された東京大空襲で
宗左近さんと母は炎から逃れるために走ったが
母の手は離れてしまい
戻ってみると母は炎えていた

桜の咲く季節になると
宗左近さんは仲間と花見をして
桜並木が眼下に見える小さなレストランで
小さな句会を開いた
句でも一行詩でも短詩でも何でもありだった
その作品の愛情あふれる解説の後に
特選だった数名にワインをプレゼントされた
宗左近さんの笑顔は桜が咲いたようだった
東京大空襲で死亡した母や親友達を偲んでいたのだろう
桜の花見が続く平和な時間が続くように
胸にはイラク空爆反対のバッジを付けていた

一九四三年十月に明治神宮外苑競技場で
数万人の学生が銃を担いだ学徒出陣式があった

「生等《せいら》もとより生還を期せず」という答辞が読まれ
その一月後に入隊前の国民学校教師だった寺尾薫治《のぶじ》さんは
「僕は軍隊の行進の音が嫌い」と語り自死した
フランス語の本やロシアの演劇の本を読み
イタリア民謡を口ずさんでいたという
子を亡くした母は「戦争が憎い」と死ぬまで語っていたと
四男の絢彦《あやひこ》さんが長兄の薫治さんに関する資料を
冊子にまとめたという記事を読んだ
（朝日新聞２０１４／10／23）
宗左近さんだけでなく学徒出陣を促された数多くの学生が
薫治さんのような思いに駆られただろう
絢彦さんもまた兄を偲んで桜を眺め続けているのだろうか
二十歳を過ぎた韓国人青年の李《い》イェダさんは入隊前に
６００ドルと片道切符を手にパリへ向かった

（朝日新聞２０１４／10／25）

自らを「１匹の蚊も殺せない性格」だといい
中学生の頃に手塚治虫の漫画『ブッダ』に感動し
「人の命を奪う権利はなく、殺人の訓練は受けられない」と
国を捨ててフランスへ難民申請をして認められたという
李イェダさんを日本へ招待した作家の雨宮処凛《かりん》さんの前で
「正しいと思うことをするためには外国にいくか、
　刑に服すしかない。
　こんな社会にしてならない」といい
本当は日本に難民申請をしたかった
しかし日本では難しかったと語った
きっと宗左近が生きていたら
この若者に共感し自らを重ね合わせただろう

もうすぐ桜の咲く季節になり

イスラエルの良心的徴兵拒否の若者の詩を書きたいと
亡くなる前に語っていた浜田知章さんと
縄文の愛の精神を生きた宗左近さんたち父の世代から
また呼び掛けられるだろう
「人の命を奪わない権利」を日本は残しているのかと

広島・鶴見橋のしだれ柳

一冊の原爆詩集が人生を変えることもあるだろうか
二〇一〇年八月六日午後五時
一人ひとり被爆者が働き暮らしていた街を想像して
ようやく平和資料館の書籍売り場に辿り着く
しばらくボーとして本を眺めていると
『原爆詩一八一人集』英語版を買い求めた
毅然とした若い日本の女性がいた
ああ、彼女もまたきっと原爆の悲劇を
世界の人に伝えてくれるだろうか
母になり子供にも伝える日が来るだろうか

その詩集を編んだ私はそんな予感がして
逆光の彼女の横顔を見た
どこか被爆マリアのように思えて
慰霊碑に向かって外へ出た
平和公園内の詩の朗読会が終わった後
元安川のほとりでは灯籠流しが次々と流されていた
多くのミュージシャンが平和の祈りを歌い続けていた
原爆ドームはライトアップして静かに佇んでいた
近付いていくと地上は薄暗く
勤労奉仕の学生たちの学校名を記した碑で
ようやく各県別の学校名を読むことができた
東京都には私の出身大学名も記されてあった
この碑にもライトアップして欲しかった
全国の学生たちがこの地で
なぜ死ななければならなかったを問いかけている

その重たい問いを抱えながらホテルに戻っていった
数多の蟬の鳴き声が一つの願いに聴こえてくる
翌朝の八月七日早朝　『絶後の記録』を持って
ホテルを抜け出し平和大通りに入り
左折し比治山に向かう
平和大通りは被爆者の森と名付けられ
県別の名が付けられた樹木が植えられていた
きっとこの地で被爆死した学生たちを慰霊するためだろうか
大地と樹木たちから発せられる蟬の合唱は
なぜか僧侶たちの念仏のようにも聞こえてくる

北海道（ライラック）、青森（ニオイヒバ）、岩手（ナンブアカマツ）、宮城（ケヤキ）、秋田（ケヤキ）、山形（サクランボ）、福島（ケヤキ）、茨城（シラウメ）、栃木（トチノキ）、群馬（クロマツ）、埼玉（ケヤキ）、千葉（イヌマキ）、東京（イチョウ）、神奈川（イチョウ）、新潟（モッコク）、富山（ケヤキ）、石川（アスナロ）、福井（クロマツ）、山梨（イロハモミジ）、長野（ケヤキ）、岐阜（イチイ）、静岡（キンモクセイ）、愛知（ハナノキ）、三重（イチョウ）、滋賀（ヤマモミジ）、京都（シダレヤナギ）、大阪（イチョウ）、兵庫（クスノキ）、奈良（ヤエザクラ）、和歌山（ウバメガシ）、鳥取（ナシノキ）、島根（クロマツ）、岡山（アカマツ）、広島（ヤマモミジ）、山口（アカマツ）、徳島（ヤマモモ）、香川（オリーブ）、愛媛（クロマツ）、高知（シラカシ）、福岡（モチノキ）、佐賀（クスノキ）、長崎（ヤブツバキ）、熊本（クスノキ）、大分（ブンゴウメ）、宮崎（フェニックス）、鹿児島（カイコウズ）、沖縄（カンヒザクラ）

この被爆の森を歩き続けると
蟬の合唱は数多の勤労奉仕の学生たちの悲鳴に重なってくる
目の前に比治山が見えてくる
手前には京橋川が豊かな水量を誇って流れている

鶴見橋を渡ると
被爆したしだれ柳がケロイドを残しながら幹を残している
根元から双子のように新しい幹が命を受け継いでいる
爆心から一・七キロ
さえぎるものは何もない
この距離までほとんど消失してしまった
多くの勤労奉仕の学生が被爆し燃えていき
京橋川になだれ下りていったのだろう
彼らの肉体を剝ぎ取って
爆風は比治山を駆け上がり
山で働いていた学生や多くの人びとたちも薙ぎ倒して
山向こうの民家を吹き飛ばしていった
今は比治山には美術館もあるが
多くの慰霊碑がある
山全体が緑濃い青山で墓碑のようだ

『絶後の記録』を書いた小倉豊文は
爆心から三キロ比治山を越えた猿猴川の新大洲橋にいた
爆心地近くにいる妻を捜すため比治山に上ってみると
「人口四十万、六大都市につぐ大都市広島の姿がなくなってい
たのだ」(『絶後の記録』第三信より)
今は山の上から広島のビル街が広がっている
私は鶴見橋のしだれ柳や被爆死した学生の姿を探している
一本の樹木が数多の命を汲み上げて
死者と共に生き続けているのが分かる

被爆手水鉢《ちょうずばち》の面影

二〇〇九年八月六日夜の
詩の仲間たちとの朗読会の後で見た
元安川から流された無数の灯籠が
眼に焼きついて離れなかった
一九四五年に死んだ十四万人と
その後に続く死者たちの霊をのせて
赤と橙の灯籠流しは名残惜しそうに
相生橋のたもとから放たれて
海へと流れていった

八月七日の早朝
ホテルから抜け出し広島の街を歩く
原爆ドームを過ぎて相生橋を渡ると
左手に爆心から三五〇ｍの
夾竹桃の生け垣に囲まれた本川小学校がある
疎開していなかった残留児童四〇〇名と
教職員一〇名のうち
生き残った者は二名だった
本川・平和公園・元安川を望むと
原爆ドームと本川小学校被爆校舎が
今もその日の惨劇を伝えている

原爆ドーム付近で見つかった手水鉢が
小学校東門入口に二年前から置いてある
被爆手水鉢は子供の横顔に見えるし

私には子供の野仏のように見える
えぐられた片目があり
横顔全体から赤い血が溢れてきて
そのまま赤錆びて固まってしまったようだ
きっと当時の本川国民学校内で
我が子を亡くした親御さんや学校関係者たちが
子供たちの面影を地上に残すために
原爆ドームを望めるこの場所に置いたのだろうか

水を求めて本川に降りて行き
灯籠のように流されていったのだろうか
四〇〇名の子供たちの横顔が重なり合い
核兵器とは何を残したかを問い続け
いまも手水鉢は血の涙を流し続けている

私は被爆手水鉢の前で手を合わせ
赤と白の花咲く夾竹桃に囲まれた
門の前で頭をたれていると
平和公園の樹木からの蟬の合唱が
子供たちの泣き叫ぶ声に聴こえてくる

核兵器を廃絶する勇気

――二〇一六年八月六日

1

チチチチチィー　チチチチィチィー
チチチチィチィー　チチチィチィチィー　チチィチィチィチィー
ヒグラシの鳴き声を聴いていると
身体の奥底から小さな鐘が鳴ってきて
淀んでいた血液の流れが澄んでくる
夏の土曜日の夕暮れ
炎天下を走った駅伝部の頃を思い出し

手賀沼の周りを走りに行く

痛めていた膝の回復を確かめ
フーフースー　フーフースー
フーフースー　フーフースー　フーフースー
二回吐き一回吸うリズムを繰り返していると
全身の血管に酸素がまわりはじめる

今日は一万三千五百発が打ち上げられる
手賀沼花火大会の日だった
沼の周りの遊歩道を走っていくと
人びとの背中がたくさん見えてきた
その脇を横目で眺めながら抜いていく

父母の手につながれ、はしゃぐ子供たち

久しぶりに外出した父や母の車椅子を押す子や孫たち
再会し昔に戻って、どつきあう旧友たち
さりげなく手をつなぎ歩く浴衣の恋人たち
なぜか普段着の険しい背中が笑い出し
愛すべき優しい横顔をしている

時に一人で歩く人たちもいる
その横顔を見ると少し物思いにふけっている
きっと愛する亡き人が傍らにいて
私には見えないが、あの恋人たちのように
亡き人と手をつないで歩いているのかも知れない
花火師が打ち上げる船に近づいていくと
花茣蓙に陣取り家族や仲間や恋人たちが
夢見る前のひと時を憩っている

2

走っていくと今朝のテレビの平和の鐘の音を思い出す
今日は七十一年前の午前八時十五分に
多くの民家があり家族が暮らしていた広島に
原爆が投下された日だ
あの日に朝ご飯を食べて出て行った家族は
どこに消えて行ったのだろうか
夕暮れになっても家族は戻ることなく
街そのものが破壊尽くされていた
水を求めてその日に亡くなった被爆者たちを悼み、
生き残った被爆者たちの計り知れない苦しみは
地球上のどこかの国の未来になるかも知れない
七十一年が経っても「核の傘」という狂気が
核保有国でいまだ信じられて約一万六千四百発もの原爆がある
今日の花火と同じようにこの原爆を消し去ることはできないか

五月にオバマ大統領が現職大統領として初めて広島を訪れた
その時の広島スピーチは次のように始まった

七十一年前、雲一つない明るい朝、空から死が落ちてきて、世界は変わった。閃光《せんこう》と炎の壁は都市を破壊し、人類が自らを破壊するすべを手に入れたことを実証した。
Seventy-one years ago, on a bright morning, death fell from the sky and the world was changed. A flash of light and a wall of fire destroyed a city and demonstrated that mankind possessed the means to destroy itself.

オバマ大統領は「空から死が落ちて」と
トルーマン大統領が原爆投下の主語になることを
括弧に入れて無差別大量殺戮の歴史的事実にふたをした

けれども原爆が自らも人類も破壊させる兵器だと認め
大統領は人類の未来のために
被爆者の苦しみやその記憶に思いを馳せて
道義的な責任を次のように感じている

いつか証言する被爆者たちの声は聞けなくなる。それでも一九四五年八月六日の朝の記憶を風化させてはならない。その記憶はわれわれが安心感に浸ることを許さない。われわれの道義的な想像力の糧となり、われわれに変化をもたらしてくれる。

Some day the voices of the Hibakusha will no longer be with us to bear witness. But the memory of the morning of August 6, 1945 must never fade. That memory allows us to fight complacency. It fuels our moral imagination, it allows us to change.

だからこそ、われわれは広島に来たのだ。われわれが愛する人々のことを考えられるように。子どもたちの朝一番の笑顔のことを考えられるように。台所のテーブル越しに、妻や夫と優しく触れ合うことを考えられるように。父や母が心地よく抱き締めてくれることを考えられるように。

That is why we come to Hiroshima, so that we might think of people we love, the first smile from our children in the morning, the gentle touch from a spouse over the kitchen table, the comforting embrace of a parent.

われわれがこうしたことを考えるとき七十一年間にもここで同じように貴重な時間があったことを思い起こすことができる。亡くなった人々はわれわれと同じだ。

We can think of those things and know that those same

precious moments took place here 71 years ago. Those
who died, they are like us.

「亡くなった人々はわれわれと同じだ」という言葉は
同じ人間であった家庭を無差別に破壊したことに対して
七十一年後の謝罪の気持ちを
現職大統領の高度なレトリックで示している
侵略国の国民であっても一人の人間であるという
この言葉を得るために被爆者たちは待ち続けていたのか
公式な謝罪の言葉を非公式な謝罪の言葉に変えて語ったとしても
日本人は受け止めるだろう
核兵器が廃絶される道が拓かれるのなら

3

「私の国のように核を保有している国々は、

恐怖の論理から逃れ、核兵器なき世界を追求する
　勇気を持たなければならない」
Among those nations like my own that hold nuclear stockpiles,
we must have the courage to escape the logic of fear.
and pursue a world without them

と語ったオバマ大統領の意志は次の大統領に引き継がれるだろうか
他の核保有国の指導者たちはそのような勇気を共有できるだろうか
日本人は被爆者の記憶を「道義的な想像力の糧」にできるだろうか
いつか全ての核兵器を廃止できた日に
人類は花火を打ち上げて平和を祈念できるだろうか

しかしその道は遥かに遠い気がしてきた
アメリカによる原爆投下やダイオキシンの枯葉剤投下に対して

日本人やベトナム人はことさら謝罪を求めない
自分たちの悲劇を二度と繰り返してはならないと願うのみだ
アメリカはアジアで行ってきたことから真に学んでいない
アメリカにはまだ「核兵器なき世界を追求する勇気」が足りない
日本もまたアメリカの「核の傘」を拒絶する勇気が足りない

けれども砂漠の地の民衆たちは違う
欧米の大国の犯した大量殺戮や侵略を決して許さないだろう
それを謝罪しない大国の強弁と
それに対するアラブの憎悪が世界を覆い
自爆テロが無くなることはないのだろうか
アメリカがアラブの民にいつになったら言えるだろうか
「亡くなった人々はわれわれと同じだ」と勇気を奮って

世界の小さな家々に暮らす民たちは

いつまでも破壊に慄き暮らすのだろうか
原爆と自爆テロ、この二つの悲劇が無くなる日はいつか
原爆を体験し神風特攻隊という自爆の戦術を
多くの若者に強いた日本人こそが
自爆テロに向かう若者たちを止める知恵を
世界に発揮することはできないか
日本人もまた南京大虐殺や従軍慰安婦問題や特攻隊などを
引き起こしたことを明らかにさせる勇気が足りないのだろう

背後で手賀沼の花火が撃ちあがり
一つ一つの花火には亡き人の魂が宿っていて
それを眩しそうに眺める一人一人の横顔は
傍らの人びとを愛し
生死を越えてその魂の在りかを感じている

モンスーンの霊水

1

一月の早朝、北西の風が背中を叩く
黒土の田に残る雨水は、凍りついている
赤光の朝日が、氷面に広がり
反射光が、全身を貫通していった
寒さと温かさに前後から襲われ
私は近くの「柏ふるさと公園」へ足早に向かう
二本のクスノキの霊木を見上げるために
陽だまりの野には、ナズナやホトケノザの野草が咲き始め
霜柱の間で春を作り始めている

野鳥の鳴き声がガラス体の空間に響き渡る

2

故郷の福島の北西の風に乗って
東京電力福島第一原発事故のセシウムは
二〇〇km離れたこの公園にも
雨と一緒に降り注ぎ大地に染み込み
河川に集まったセシウム水は
公園内の手賀沼に注ぎ込まれた
一万ベクレルものセシウムが川底に滞留し
鴨や鷺や白鳥などの水鳥たちは
放射能汚染水の中で子育てをしている
早朝の釣り人たちは、食べられない魚に糸を垂れている
原発事故を忘れてしまったかのように

3

高烔烈《コ・ヒョンヨル》さん 韓国の詩人たちよ
林莽《リン・マン》さん 中国の詩人たちよ
いったいモンスーンはどこから吹いてくるのか
あなたたちの国の霊木霊水のことを聞かせてほしい
東アジアの隣国である韓国・中国・日本
仏教精神を共有する人びとは、木や水に霊の力を感じていた
私たちの肉体はモンスーンの霊水から成り立っている
韓国の国花の木槿《ムグンファ》に降り注ぐ
中国の国花の牡丹に降り注ぐ
日本の国花の桜に降り注ぐ

4

かつて日本政府は水俣湾に有機水銀を垂れ流す企業を擁護した
初めに漁港に落ちていた魚を食べていた猫が狂い死にした

次に水俣の一二〇〇名以上が神経を冒されて
人間の尊厳を破壊されて死んでいった
今も数万人の患者は生涯続く苦しみの中にいる
そんな人間への冒瀆は原発事故でも繰り返された
十五万人もの人びとは
故郷を追われて帰還の目途が立たず
避難者たちの中には自殺し病を悪化させ命を落としている
メルトダウンした原発は放射性物質を発射し天地人を汚した
三〇㎞も離れた飯舘村には最悪のモンスーンが流れ込み
高濃度の放射性物質が降り注いだが村人には後から知らされ
遺された牛たちも、牛舎の柱を齧りながら餓死していった
原発さえなければこんな悲劇は起こることはなかった
それでも再稼働させる勢力は地球の未来の時間泥棒だ

5

一九四五年八月六日・九日　広島・長崎に原爆投下
一九五四年　ビキニ環礁の水爆実験
米政府は潜水艦用小型原子炉を発電用原発に転用し
平和利用として日本に勧める
一九七一年　東京電力福島第一原発稼働
一九七九年　スリーマイル島原発事故（アメリカ合衆国）
一九八六年　チェルノブイリ原発事故（現ウクライナ）
一九九九年　東海村ＪＣＯ臨界事故（20Svを浴び二名死亡）
二〇一一年三月十一日　東京電力福島第一原発事故
スリーマイル島原発事故以来、
十年に一度は大きな原発事故が起きている
二〇二X年　韓国・中国などのアジアで原発事故が起こるだろう
日本も再稼働していたら地震国なので特に危ない
原発の周辺数百㎞の自然や街や共同体は破壊されるだろうか
韓国と中国は国土が汚染されて、愛する故郷を喪失する恐れがある

その可能性を完全に否定するのは原発を停止するしかない
核燃料のゴミや汚染水はいったいどこに捨てるのだろうか

6

高炯烈さんら 韓国の詩人たちよ
林莽さんら 中国の詩人たちよ
いったいモンスーンはどこから吹いてくるのか
決してモンスーンに放射性物質を乗せてはならない
モンスーンにはいつまでも霊水を運ばせるべきだった
核実験を繰り返す国々によって地球は汚れ続けている
核兵器も原発も人類と共存しない
どうしたら核兵器と原発を廃棄できるだろうか
電気の発電は自然エネルギーによる多様な方法がある
なぜ原子核に中性子を貫通させる核分裂に固執するのか
都市を一瞬で破壊する力を政治家・軍人が望んでいるだけだ

他国を破壊する麻薬のような権力を放棄させる方法はないか

7

韓国と中国の詩人とソウルや北京の場末の居酒屋で話したい
また私が希求する故郷と異郷の根底に広がる「原故郷」という
アジアの地平にどんな精神性が相応しいか尋ねてみたい
木槿と牡丹と桜が同時に咲く桃源郷である「原故郷」を想起し
時間が経つのも忘れて詩の本質を語りあうのだ
日本人なら松尾芭蕉のいう「本情」と言いたくなるだろう。
それは固有の存在者に内在し、主客合一の深層に横たわる
高炯烈さんなら仏教の「空」や荘子の「無限」と語るだろうか
林莽さん 中国の詩人たちはどのように語るだろうか
アジアの深層には「原故郷」があり
その天空にはモンスーンが吹き流れ、時に風は反転する

8

二度と広島・長崎以外で核兵器は使用されてはならない
あの日、爆心地から数百mから二㎞で
民家の撤去作業をしていた学徒動員の数千名の子供たちは
頭や顔の皮膚を瞬時に剥ぎ取られ肉を焼かれ
水をもとめて死にながら走り、川になだれ込んで行った
そんな地獄の光景を二度と人類は生み出してはならない

原発事故の最中に最も重要な汚染情報は知らされなかった
逃げた場所はもっと放射能が高かった人たちもいた
あの時に四基の原発を制御できることは誰も出来なかった
私の街に降り注いだセシウムの線量も後から知らされた
核兵器と原発などの破壊兵器を廃棄する世界を夢見ることが
アジアという「原故郷」を創り出す原点になるだろう

9

高炯烈さんら韓国の詩人たちよ
林莽さんら中国の詩人たちよ
いったいモンスーンはどこから吹いてくるのか
一九七一年に稼働した福島原発の危険性を指摘してきた
南相馬市の若松丈太郎さんは後にチェルノブイリを視察して
自分の暮らす二十五㎞圏内などがどうなるかを
一九九三年に詩「神隠しされた街」で予言的に語られていた
若松さん以外の日本の詩人たちも警告を発していたし
私も二〇〇二年に発表した「シュラウドからの手紙」で記した
「東北がチェルノブイリのように破壊される日が必ず来る」と
自然を支配できると奢った人類には
まだまだ悲劇が足りないのだろうか

10

モンスーンよ
日本海（東海）、竹島（独島）、尖閣列島の境界を楽に越えろ
その場所はアシカやアホウドリなどの野生の動植物の楽園だ
島を奪い合う人間よ　モンスーンの霊水や島の霊木を汚すな
モンスーンの命の根源に寄り添うことができるか
高炯烈さんや林莽さんたちの両手が
天上から降り注ぎ湧き水となった霊水を
いま汲み上げようとしているから

（二〇一五年六月「モンスーン」創刊号に掲載）

あとがき・略歴

あとがき

一九九九年に入院中の母を見舞うために水道橋の外堀沿いの道を歩いていた時に、『浜田知章全詩集』を刊行すべきだと自分を超えた大いなるものから促された気がした。それから二〇〇〇年に鳴海英吉さんが病で倒れ全ての詩篇を任すと言われた時に『鳴海英吉全詩集』を刊行することを決意した。その際に自分の詩作活動よりも、戦争で苦労した父母の世代の優れた詩人たちを後世に残す編集者としての仕事を優先すべきで、その方が世の中のためになるのではないかと考え始めた。そんな戦後の詩誌「列島」の二人の全詩集は、会社員をしながら、「コールサック」（石炭袋）の支援者たちの協力もあり数年後に刊行することが出来た。その仕事が落ち着いた二〇〇三年に第七詩集『日の跡』を刊行して、たぶん本格的な詩集はこれが最後かもしれないと感じていた。二〇〇五年に詩論集『詩の降り注ぐ場所』を刊行した後に、この詩論の考えを現実化するためには、出版社を立ち上げる必要があり、二〇〇六年に株式会社コールサック社を設立した。具体的には「コールサック」で一九九九年から七年間連載していた韓国の詩人高炯烈《コ・ヒョンヨル》さんの朝鮮人少年を通して韓国・日本・米国の原爆に至る歴史を描いた『長詩　リトルボーイ』の刊行と一九九七年に浜田知章さんの講演に同行して広島に行った際に構想した『原爆詩一八一人集』を刊行することだった。それらのアジアの視点と戦争責任や核兵器禁止の問題は、今も私の編集者としての課題において重要な位置を占め続けている。

今回、十四年ぶりに第八詩集『東アジアの疼き』を刊行したくなった。その間には二〇〇九年に『鈴木比佐雄詩選集一三三篇』を刊行した際に、詩集に入れていない未収録の詩篇もその中にかなり収録した。今回の詩集には、その『詩選集』の未収録詩篇を修正・加筆したものと、その後に書いてきた詩篇の中から五十一篇を選んで六章に分けて収録した。

今回収録した詩篇の中では、私の詩的精神に大きな影響を与えた宮沢賢治さん、嵯峨信之さん、浜田知章さん、鳴海英吉さん、宗左近さん、福田万里子さんなどへの鎮魂の思いや、今もその詩人たちが私の中で息づいていることを記した詩篇を入れたいと願った。また韓国・ベトナム・中国の詩人や関係者たちとの交流から生み出された詩篇を数多く収録した。タイトルを「東アジアの疼き」としたのは、東アジアの人びとと接した時の私の思いが、彼らの「疼き」を自らの「疼き」を通して感受することだったからだ。現在でも東アジアの国境は時に政治的・軍事的な発言によって高くなるが、私は幸運なことに詩を通してその国境を楽々越えてきたように思われる。特に韓国からは何度も招待されて詩の朗読や講演などを依頼された。ベトナムや中国でも奇跡のような出会いが幾つも実現された。たぶん私は東アジアの国々から呼ばれているのだと感ずる時がある。それは詩的精神が国境を越えて普遍的なものを抱えているからだろう。また学生時代に読んでいたフッサールが構想した「原故郷」としてのヨーロッパに重ねて、「原故郷」としての東アジアの可能性を漠然と考えていたからだろう。

　現在、北朝鮮のミサイルと核の問題は、第二次世界大戦中のマンハッタン計画が生み出した核兵器の恐怖の均衡による世界の在り様を根本から揺さぶっている。その悩ましい問題の根本的な解決には、今年の七月七日に国連で一二二ヵ国が賛同し採択された「核兵器禁止条約」を核保有国も「核の傘」という幻想に捉われた日本のような国も、最も現実的な世界の破滅を防ぐ唯一の解決策であることを認識すべきだと私は考えている。東アジアの緊張を解き、互いの国の文化・歴史を尊重し共存し合うためには、どのように粘り強く平和で本来的な「生活世界」を創り出していったらいいか。その「原故郷としての東アジア」を探す試みがこの詩集の主眼でもある。

私を励まし支え力をくれた詩人たちや親しい関係者たち、コールサック社のスタッフ、そして家族たちに心から感謝したい。この詩集は、実は私のものではなく、この詩篇を生み出すきっかけとなった感動を与えてくれた人びとや多様な存在物によるもので、本当は彼らに捧げたものだろう。それらの人びとや存在物の素顔や佇まいを思い浮かべ、これからも共に生きていきたいと願っている。

最後に装画の「緑色の海」を提供してくれた中国の詩人・画家の林莽《リン・マン》さんにもお礼を言いたい。高炯烈さんから紹介された林莽さんは、青島の浜辺のカフェテラスでこの絵を見せてくれその思いを語り、私がその絵の感動を伝えた日のことを想起する。中国・韓国・日本の東アジアの国々の人びとが友情を感じて親しく青島ビールなどを飲みながら、互いの「疼き」に気遣いながらや文化や歴史や「生活世界」を語り合うことが、本来的な豊かな時間だろう。そんな未来の時間が東アジアに訪れることを願っている。

鈴木比佐雄

二〇一七年初秋

略歴

鈴木比佐雄（すずき・ひさお）

一九五四年　東京都荒川区南千住に生まれる。
　　　　　　祖父や父は福島県いわき市から上京し、下町で石炭屋を営んでいた。
一九七九年　法政大学文学部哲学科卒業。
一九八七年　詩誌「コールサック」（石炭袋）創刊。
　　　　　　現在は季刊文芸誌となり九十一号まで刊行。
二〇〇六年　株式会社コールサック社を設立する。
二〇一一年　東日本大震災以降は若松丈太郎『福島原発難民』など福島・東北の詩人、
　　　　　　評論家たちの書籍を数多く刊行

◇詩集　『風と祈り』『常夜燈のブランコ』『打水』『火の記憶』
　　　　『呼び声』『木いちご地図』『日の跡』
　　　　『鈴木比佐雄詩選集一三三篇』『東アジアの疼き』（以上九冊）
◇詩論集　『詩的反復力』『詩の原故郷へ―詩的反復力Ⅱ』
　　　　『詩の降り注ぐ場所―詩的反復力Ⅲ』『詩人の深層探究―詩的反復力Ⅳ』

　『福島・東北の詩的想像力―詩的反復力Ｖ』（以上五冊）
◇編著　『浜田知章全詩集』『鳴海英吉全詩集』『福田万里子全詩集』『大崎二郎全詩集』
　『山田かん全詩集』『大井康暢全詩集』『三谷晃一全詩集』『畠山義郎全詩集』など。
　『原爆詩一八一人集』（日本語版・英語版）
　（※宮沢賢治学会イーハトーブセンター「第18回イーハトーブ賞奨励賞」受賞）
　『大空襲三一〇人詩集』『鎮魂詩四〇四人集』『命が危ない３１１人詩集』
　『脱原発・自然エネルギー２１８人詩集』（日本語・英語合体版）
　『ベトナム独立・自由・鎮魂詩集１７５篇』（日本語・ベトナム語・英語 合体版）
　『平和をとわに心に刻む三〇五人詩集』『水・空気・食物３００人詩集』
　『非戦を貫く三〇〇人詩集』『少年少女に希望を届ける詩集』
　『日本国憲法の理念を語り継ぐ詩歌集』など。
◇所属　日本現代詩人会、日本詩人クラブ、宮沢賢治学会、日本詩歌句協会、
　千葉県詩人クラブ、小熊秀雄協会、脱原発社会をめざす文学者の会　各会員。
　日本ペンクラブ平和委員、福島県文学賞審査委員、鳴海英吉研究会事務局。
〈現住所〉　〒二七七‐〇〇〇五　千葉県柏市柏四五〇‐一二

石炭袋

鈴木比佐雄 詩集『東アジアの疼き』

2017年11月23日初版発行
著　者　鈴木比佐雄
発行者　鈴木比佐雄

発行所　株式会社 コールサック社
〒173-0004　東京都板橋区板橋 2-63-4-209
電話 03-5944-3258　FAX 03-5944-3238
suzuki@coal-sack.com　http://www.coal-sack.com
郵便振替　00180-4-741802
印刷管理　（株）コールサック社　製作部

＊装画　林莽　　＊装丁　奥川はるみ

落丁本・乱丁本はお取り替えいたします。
ISBN978-4-86435-316-8　C1092　￥1500E